TRINACRIA

E O DIAMANTE AZUL

Proença

Trinacria

E O DIAMANTE AZUL

L·G·E
EDITORA

Brasília, 2011

LGE Editora Ltda.
SIG Quadra 04 Lote 283 – 1º Andar
Tel.: (61) 3362-0008 – Fax: (61) 3233-3771
lgeeditora@lgeeditora.com.br
www.lgeeditora.com.br

Editor: Antonio Carlos A. Navarro

Autor: Proença
proenca.j@uol.com.br

Capa e direção de arte: José Proença Jr.
Contato: ze.kenny@gmail.com ou jpproenca@band.com.br

Ilustrações: Marcílio Tabosa de Castro

Revisão: Aparecida Conceição Ferreira

Diagramação e projeto gráfico (miolo): Samuel Tabosa de Castro

Impressão e acabamento: LGE Editora Ltda. / Brasília – DF

Dados Internacionais de Catalogação na Publicação (CIP)

Proença, José Nunes Paez de
Trinacria e o Diamante Azul / José Nunes Paez de Proença . – Brasília: LGE Editora, 2011.

252 p. il. 22,5 cm.

ISBN 978-85-7238-473-5

1. Literatura juvenil. 2. Ficção – Romance. I. Castro, Marcílio Tabosa; il. II. Título.

CDU 82-31

Sumário

Primeira Parte

SERENA

M. TABOSA

A canção do velho poeta, meu querido amigo Leo[1], diz, com palavras que estão muitos andares acima das minhas, *que há uma rachadura em todas as coisas e, por ali, a luz é insinuada.*

Meditei suas palavras. Ponderei, por longo tempo, verdades e mentiras nelas contidas. Talvez por um período maior que o razoável.

Depois de tudo o que passei e após *tocarem os sinos que ainda podiam ser tocados*, posso afirmar que o coração humano não está entre todas essas tais coisas. Rachado, nele só entra a escuridão.

---

1 Leonardo Cohen em "Anthem".

I. A CIÊNCIA, MARIA LUÍZA E EU

"Duvidar de tudo ou acreditar em tudo são duas soluções igualmente cômodas: uma e outra nos dispensam de refletir."

Henri Poincaré, "A Ciência e a Hipótese".

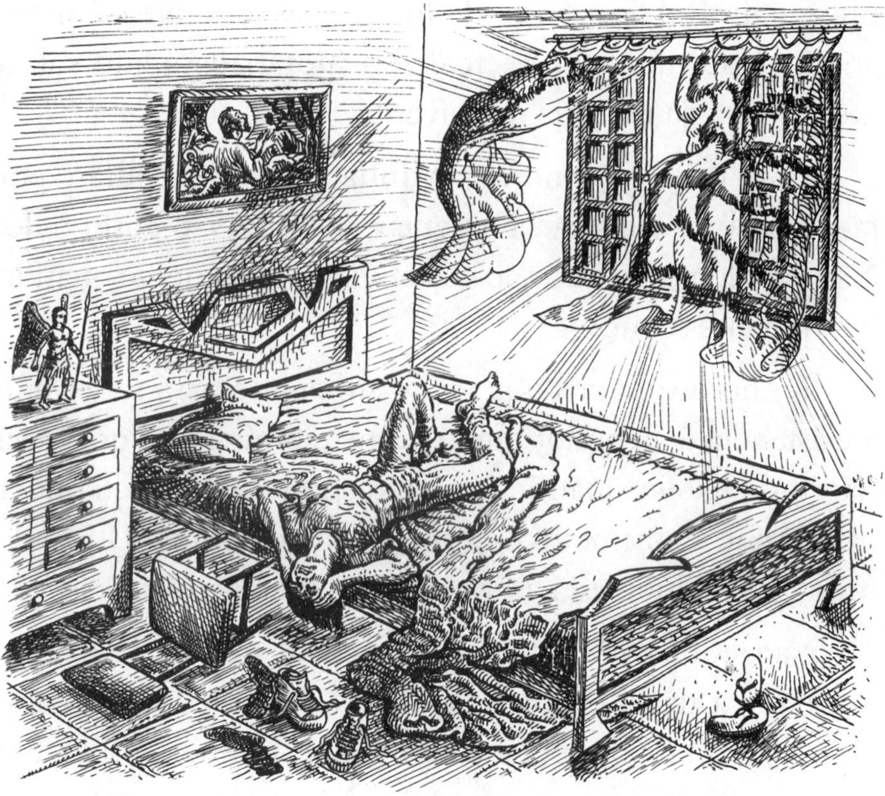

Escrevo este livro para narrar acontecimento extraordinário deste início de século XXI. Fato revelador de entes da realidade circundante nem sempre perceptível aos olhos da razão. Envolve o rato Rafael e seu guardião, o gato Gabriel e sua cambada, e muitos cachorros vira-latas sem nomes.

Eu e outros humanos participamos da história; somos coadjuvantes ou, às vezes, protagonistas; por esse motivo principio-a contando particularidades da minha vida.

Protagonista ou coadjuvante, em verdade, nenhuma importância tem nem vale a pena qualificar as personagens que figuram no acontecido. O que importa, o que é imprescindível fazer, é alertá-lo, caro leitor, sobre o caráter anormal de tudo que se realizou inopinadamente sob a indiferença da maioria dos viventes.

Meu nome é Francis. Minha mãe o escolheu por razões que só ela sabe. Diz que é bonito. Não gosto dele. Não é só do nome que não gosto. Vocês entenderão quando lerem o que segue.

Tenho doze anos e já vivi o suficiente para saber que a existência é algo pior que o nome efeminado. Por isso já não me chateio quando um novo professor, ou qualquer pessoa que vê primeiro o nome, diz algo como: "Que é da Francis?", "Onde está a Francis?", "Quem é a Francis?"...

Não tenho pai. O que não é novidade na família. Minha avó nasceu na roda dos expostos. Não deixa de ser evolução. Eu pelo menos possuo genitora. É mulher bonita. Sei que se esforça para ser boa mãe. Não é da sua natureza. Faz dez dias que não a vejo. Dorme quase que o dia inteiro e vive a noite intensamente. Não sobra muito tempo para mim. Reclamo porque sou idiota e não adquiri a maturidade de meu avô. Talvez o único, na família, que pensa e age racionalmente. Pensa muito, age pouco; é bom dizer.

Moro com minha mãe num apartamento próximo à estação Vila Madalena do metrô e meus avós, no Bexiga. Um ou dois dias por mês passo com meus ancestrais, no mais do tempo estou só.

Meu progenitor é sujeito que nasceu no interior de São Paulo; veio do mundo rural e conserva valores e hábitos do homem do campo. Entre as cacarias que tem em sua casa, uma é a minha preferida: antiga batedeira de fazer manteiga.

Quando estou na casa dele, gosto de passar o tempo admirando aquela magnífica máquina. Colocamos leite e coalheira dentro dela e ficamos observando como, lenta e serenamente, vai mudando a natureza do leite, girando, girando bem devagar, até o leite, aos poucochinhos, adquirir consistência e, depois, virar manteiga. É algo interessante de se ver. Uma entre as poucas coisas deste mundo.

Aprendi a ler com quatro anos de idade. Tenho o queixo quadrado e a cabeça proporcionalmente pequena em relação ao corpo, quando comparada com a de outras pessoas da minha idade.

Por essas três características deveria ser retardado ou qualquer coisa assim. Quem asseverou isso foi um professor da minha escola que se diz psicólogo.

Segundo o que ele pensa essas três distinções atestam a veracidade da minha condição mental:

- o desenvolvimento precoce é prova do retardo mental;
- uma descoberta da ciência demonstrou interessante relação evidente entre inteligência e a forma do osso do queixo;
- outros estudos tidos por científicos correlacionaram o tamanho do crânio com o nível de inteligência das pessoas.

Tudo contra!

Esse professor emprestou-me o livro no qual estão escritas todas essas bobagens, o que contribuiu, de forma eficaz, para que eu deixasse de acreditar na ciência. Pode ser que isso nem seja ciência. Explicações pseudocientíficas, erros básicos, premissas enganosas, estatísticas errôneas, há de tudo na ciência que me é apresentada. No livro está escrito que a precocidade dura cerca de três anos, depois dos quais as crianças são superadas pelas demais e poucas são aquelas que conseguem a mediocridade. A maioria apresenta algum grau de retardo no desenvolvimento intelectual.

Já há muito que passei dos três anos e até agora nunca encontrei ninguém com inteligência, verdadeiramente, maior ou menor que a minha. Deve existir. Mas ainda não encontrei.

O livro também diz que as pessoas com inteligência inferior fazem mais filhos do que as pessoas com inteligência superior e que, por causa disso, o nível intelectual do planeta está diminuindo à taxa de 1,5 a 2 pontos de "Q.I." por geração.

A única evidência que observo sobre esse argumento é a existência do autor do livro, do meu professor e das pessoas que acreditam nessas coisas.

Na escola onde estudo, houve, no ano passado, aplicação de testes de inteligência. Grande variedade de exames, com figuras, números e frases. Uma chatice. Quase desisti de fazê-los, mas como existe essa lenda sobre o tamanho da minha cabeça, resolvi aplicar-me com esmero na solução de cada desafio. O resultado foi apresentado em conceitos parciais que revelavam capacidades mentais específicas e o resultado final que mostrava a capacidade cognitiva geral.

A nota final do meu teste foi 130. À exceção de mim, ninguém, na escola inteira, levou a coisa muito a sério. Mesmo assim, a maioria ficou com conceito acima de 100. O pior resultado foi obtido por Bruno: 60.

Bruno é sujeito que não gosta de muita conversa e sente raiva de quase tudo. O que eu não gosto, ele odeia. Não gosto de cebola, ele odeia. Se aparece no meu prato eu a ponho de lado e, contrariado, continuo comendo. Ele joga a comida e o prato na lixeira. Se alguém me insulta, não gosto, mas argumento. Ele parte para a briga.

Bruno não gosta de usar muitas palavras nem quando elas podem salvá-lo de alguma confusão. Foi acusado, injustamente, de algo. Tinha provas materiais de sua inocência, mas não quis argumentar dizendo apenas:

– Minha palavra basta.

Foi suspenso por cinco dias.

Só depois de algum tempo entendi aquela sua atitude. Talvez o meu personalismo onipotente impedisse interpretar qualquer atitude que não tivesse a própria pessoa por tema central da reflexão motivadora. Neste aspecto acho que avancei um pouco nos últimos anos a custo de infortúnios, como será explicitado na segunda parte deste relato.

Bruno é, no entanto, a única pessoa em quem confio cem por cento. Falei com ele sobre o teste. Parece que encontrou cebola no meio do caminho. Cebola é coisa abominável. Muita gente gosta. Já ouvi dizer que faz bem ao coração. Se bem que, no que me diz respeito, prefiro o infarto. No acontecido, quanto ao teste e em sentido figurado, a cebola fez bem a ele. Ficou com tanta raiva que, neste ano, é o aluno que tem as melhores notas da classe. Sempre recorro a ele quando estou em dúvida a respeito de alguma matéria.

Há, na turma, o Cabeção, minha enantiose craniana. Enantiose é palavra que aprendi com a professora de português, doce de pessoa que sabe explicar os vocábulos com graça e inteligência. Foi lendo para ela texto sobre o poeta Fernando Pessoa e seus heterônimos que encontrei essa palavra. Significa oposição entre duas coisas, mas expressa ideia mais abrangente. É como se eu olhasse no espelho e visse refletida, acima do meu pescoço, a imagem da cabeçorra do Edmundo. O nome do Cabeção é Edmundo. Edmundo é o cara que possui a cabeça imensa, mas não é muito esperto. Pelo menos, por enquanto. Falta-lhe motivação, ou pode ser que seja meio retardado. Só o tempo vai dizer a verdade, mas a cabeça é enorme.

Há de se esclarecer que não existe incongruência entre a descrição do Cabeção e a afirmação anterior de que nunca encontrei ninguém com inteligência, em verdade, maior ou menor que a minha. Cabeção obteve nota abaixo de 100 no teste de quociente de inteligência, mas demonstra grande habilidade nos jogos de simulação e é gênio na arte de puxar o saco dos mestres e coordenadores. Suas notas de comportamento são as melhores da turma.

Ah!... Heterônimo também é palavra pouco usada, mas vocês devem conhecer.

– Não todos?

Oops!

... Então, por favor, deixem o dicionário ao alcance da vista e da mão. Tenho lido tanta coisa que, provavelmente, escreverei outros palavrões. Impõe-se ainda alertá-los para minha maneira de escrever que desobedece aos manuais de redação e estilo. Prefiro a concisão abstrata dos adjetivos à descrição concreta, prolixa e, não raro, enfadonha, daquilo que quero contar. As repetições de algumas palavras e das copulativas também contam com a sua paciência, caro leitor.

– Desculpem-me!

Talvez, inconscientemente, leia mais do que a média dos brasileiros pelo fato de possuir a cabeça pequena. Representações ou ideias estruturadas e caracterizadas por forte impregnação emocional reprimida, vinculadas a sentimentos de deficiências imaginárias é que podem estar determinando esse hábito de leitura exagerada.

A logorreia do parágrafo anterior significa que enquanto os outros garotos da minha idade estão jogando futebol, andando em requestos ou galanteios atrás das meninas ou praticando *skate*, eu, por timidez e complexo de inferioridade, mergulho no mundo da leitura e da imaginação.

E, por falar em imaginação, fico imaginando se Cabeção e eu vivêssemos na pré-história. Quando morrêssemos e, por algum fenômeno geológico, restos de nós ficassem petrificados e preservados em depósitos sedimentares da crosta terrestre sem que se perdessem as características essenciais das nossas caixas cranianas, e se, no tempo atual, paleontologistas encontrassem os nossos fósseis, provavelmente, concluiriam que havia, antes do homem moderno, duas raças de humanoides e aquela representada pelo meu crânio seria considerada a raça intelectualmente inferior.

Conclusão da ciência dos nossos dias: preconceituosa, apressada e ávida por descobertas.

Você que está lendo tranquilamente este livro pode achar que estou sendo injusto com as ciências, dado que há diferenças entre cada uma delas. Deve estar pensando naquelas chamadas de exatas, mas mesmo elas, já de algum tempo, vêm embaralhando e confundindo hipótese com realidade.

Há mais de cem anos a física anunciou que a matéria não existe, ela, no entanto, continua teimando em ter existência real, com massa e inércia. E a realidade, esse fato admirável, vale mais que todas as teorias do mundo. Cabeção existe e passou pelo mesmo caminho que João Sem Terra passou. Isto é realidade. E, para desespero do finado Bacon, ele tem muita importância, mesmo que não torne a passar por lá novamente.

A matemática também deixou de ser confiável ao perder-se em incertezas e incompletudes, fazendo ruir os próprios axiomas e demonstrando por "x" e "y" que dois mais dois não são quatro.

Bruno e Edmundo são personagens importantes para mim na tentativa desesperada de compreender fantasia e realidade, que envolvem, confundem e escravizam minha vida. Não estão na história.

Deixando a ciência ou as ciências de lado e antes de iniciar a narrativa deveria dizer alguma coisa sobre Maria Luíza que, esta sim, está na história. Não encontrei palavras, no entanto, para descrevê-la. Assim, vamos logo ao acontecido. Você vai conhecê-la e, com os seus pensamentos, formará juízo sobre ela.

II. O INÍCIO DA HISTÓRIA

> "Esperamos pela luz, mas contemplamos a escuridão".
>
> Isaías 59:9

Na sexta-feira, dia doze de abril de 2002, completei doze anos. Na manhã desse dia estava solitário, comemorando meu aniversário na cozinha do apartamento, bebendo café e comendo pão com manteiga, quando um enorme gavião passou voando rente à janela.

Passou uma, duas, três vezes.

Abri a janela e vi ao longe a descompassada ave de rapina fazendo evoluções no céu e conduzindo pequeno animal nas garras.

Fiquei observando.

Veio em minha direção.

Era um gavião-de-penacho e o ser vivo que carregava, um rato.

Estava muito próximo. O peito branco listrado de vermelho-claro atingira diminuta distância do meu rosto quando pulei para trás e o gavião, em manobra extraordinária, desviou-se da janela.

Precatado, sentei-me à mesa para terminar o desjejum.

A ave, também conhecida como gavião-real, harpia ou viraçu, fez novos movimentos concatenados no ar e, suavemente, pousou na minha janela.

Desceu tocando o parapeito com um dos pés e soltou o rato que estava preso nas garras do outro. Olhou fixamente para mim e voou, ganhando a imensurável dimensão do céu.

Levantei-me e fiquei observando o gavião acreditando que ele retornaria.

Desapareceu no horizonte.

O rato ficou imóvel na janela chichiando e olhando para mim.

Tirei, vagarosamente, o tênis e arremessei-o contra o bicho nojento.

Rato e calçado voaram janela afora.

Enfiei o pé descalço no chinelo e desci no elevador para pegar o tênis.

Quando cheguei à rua vi uma menina segurando o rato com uma das mãos e acariciando-o com a outra. Dizia palavras de conforto para o bicho.

Vendo-me com um pé no chinelo e outro no tênis, percebeu o que se passara.

Fez cara de brava, mas apontou para a copa da árvore que ficava na calçada, abaixo do meu apartamento.

Eu também entendi o que ocorrera. Tênis e rato caíram na copa da árvore que amorteceu o baque. O rato foi ao chão e o meu tênis ficou suspenso na ramagem.

Enquanto tentava readquirir o tênis ouvia a menina conversando com o roedor:

– Não se preocupe, agora você está em segurança. Não deixarei que ninguém lhe faça mal.

O rato chiou no colo dela como se lhe dissesse alguma coisa. Ela disse:

– O Gabriel está chegando? ...Sua vida corre perigo.

E o rato chiou novamente no ouvido dela.

– Peça ajuda ao guardião. – Disse a menina ao rato.

Não consegui derrubar o tênis com os objetos que arremessei contra ele, por isso, subi na árvore.

No galho, próximo ao tênis, assustei-me ao perceber, acima de mim, um olhar faiscante.

Por entre as folhas, vi que o dono dos grandes olhos fagulhentos era um enorme gato preto.

– Xô... Xô... Chispa!

Ele não se moveu e rosnou para mim arreganhando os dentes.

Considerei prudente deixar quieto o felino e arrastei-me até o tênis.

No tempo em que me aproximava do calçado, vi o gato descendo até o tronco da árvore. Preparava-se para saltar sobre a garota e o rato.

O rato chiava alto como a pressentir o perigo, o gato armava o bote e eu peguei o tênis, quando, de súbito, vindo não sei de onde, o gavião colidiu comigo e com o gato lançando-nos por terra.

O gavião derribou-nos da árvore e, em seguida, agarrou o rato da mão da menina e afundou no mundo.

Na queda torci o tornozelo.

A menina repreendeu, em voz alta, o gato que arreganhou os dentes e urrou ameaçadoramente para ela; em seguida o gato saiu correndo e pulou o muro do outro lado da rua.

A garota ajudou a levantar-me e serviu-me de apoio até o apartamento. Deixou-me no sofá e já estava saindo; então eu lhe disse:

– Obrigado. Qual é o seu nome?

– Maria Luíza. Tchau!

– Maria-Luíza-Tchau quer tomar café comigo?

– Não. – Disse ela fechando a porta.

Desse jeito conheci Maria Luíza: conversando com um camundongo. Era santa igual a São Francisco e falava com os animais ou, o que me pareceu mais provável, doida de pedra.

Passei salmoura no tornozelo e amarrei-o com gaze. Sentia muita dor quando tentava firmar o pé no solo. Liguei para Bruno e pedi carona no carro da mãe dele.

Na escola, o tornozelo intumesceu e ficou mais dolorido. Fui parar na enfermaria e, depois, no pronto-socorro.

Com o pé engessado e de muletas voltei ao apartamento.

Fiquei a tarde toda no sofá da sala, vendo TV ou lendo. Sentia estranha sensação de estar sendo observado, vigiado. Algumas vezes, pareceu-me ter visto um vulto negro deitando sombras na minha janela. Outras vezes pensei que a própria coisa umbrosa espreitava-me do peitoril externo da janela.

Achei que aquele alterado estado de espírito devia ser consequência do analgésico que tomei no pronto-socorro.

Ao anoitecer minha mãe passou pela sala, disse oi para mim e saiu batendo a porta da frente. Não a via desde o último domingo. Movida por algum fragmento de pressentimento maternal, ela abriu novamente a porta e colocando a cabeça para dentro da sala perguntou:

– Está tudo bem?

– Sim. Está tudo bem.

– Cuide-se.

Fechou a porta.

Por um momento achei que abriria novamente a porta para dizer: "Feliz aniversário!"

Como já disse antes: sou idiota. E o que é pior: idiota reincidente.

Ouvi o barulho do elevador parando no andar e, posteriormente, partindo, levando mamãe para suas atividades remuneradas inspiradas na filantropia e a solidão empurrando-me cada vez mais para a misantropia.

Logo depois que ela se foi, iniciou-se serenata de miados de gatos que me embalariam o sono naquela noite e em tantas outras.

Já estava deitado quando o grande gato preto passou pelo lado de fora da janela do quarto miando e rosnando. Levantei-me, abri a janela e avistei-o na sacada. Miava.

Outros miados vinham de diversos pontos. Olhei e vi olhos faiscantes sobre as árvores, em cima dos prédios do outro lado da rua, nas sacadas dos apartamentos vizinhos, enfim, em muitos lugares, centenas de pares de olhos cintilantes olhavam para mim e miavam e miavam.

Mirei a rua embaixo. Havia cães na calçada, nos dois lados, em toda a extensão da rua que a vista alcançava. Postaram-se silenciosos em distâncias simétricas de ambos os lados do prédio. A fileira canina perdia-se na precariedade da luz das lâmpadas em luta desigual contra a escuridão da noite.

Tranquei portas e janelas. Adormeci.

Acordei de manhã com pancadas na janela da cozinha. Fui até lá. Era o gavião. Batia o bico no vidro. Daquela vez não trouxe o rato. De repente três gatos saltaram sobre o gavião. Os quatros caíram da janela. Os gatos agarraram-se nos galhos da árvore e o gavião saiu voando, soltando penas.

A partir daquela noite, em tempo integral, gatos e cães rondaram o prédio onde moro. Quando eu saía, eles me seguiam de longe. A qualquer hora do dia ou da noite gatos e cachorros vigiavam-me aonde quer que eu fosse. Com atiradeira, lançava bolinhas de gude. Não se mexiam, nem quando os acertava.

III. FILOSOFICE

> "Meu Pai e eu somos um só, e, contudo, eu sou este homem de nada, este humilde, este pobre, este desamparado, entregue à violência humana... e bem-aventurados aqueles que não se escandalizam de mim."
>
> (Jesus, sob a pena de Sören Kierkegaard)

Os dias passavam de modo vagaroso, indiferentes aos gatos e cães que atenazavam minha paciência.

Recuperava-me das articulações desconjuntadas quando me abateu estado indefinido de morbidez e tristeza.

Noites de gatos miando, cães e gatos seguindo os meus passos, pesadelos com rato falante e menina maluca, nada disso ajudava melhorar o estado de ânimo estabelecido.

Bruno recomendou-me um livro para espairecer:

– O nome do livro é "Serenidade". Não me lembro o nome do autor, mas sei que é grande filósofo do século XX. Com essas informações você encontra numa boa livraria. – Disse Bruno.

Não gostei da sugestão. O título pareceu-me livro de autoajuda. Não gosto desse tipo de leitura. O fato de o autor ser filósofo piorava a situação. Detesto essa raça.

Por ser indicação de Bruno, em quem confio, li o livro.

Achei interessante a ideia de que somos árvores arrancadas com raízes da terra das convicções, flutuando no éter, em busca de novo solo.

Graças a minha aversão por essa gente, resolvi agir exatamente ao contrário do que o autor aconselhava.

Sugeria "serenidade e reflexão" e punha por obstáculo a questão da "ausência-de-pensamentos", afirmando:

"A ausência-de-pensamentos é um hóspede sinistro que, no mundo atual, entra e sai em toda a parte. Pois hoje toma-se conhecimento de tudo pelo caminho mais rápido e mais econômico e, no mesmo instante e com a mesma rapidez, tudo se esquece. Do mesmo modo, os atos festivos sucedem-se uns aos outros. As comemorações tornaram-se cada vez mais pobres-em-pensamentos. Comemorações e ausência-de-pensamentos andam intimamente associadas."[1]

Reconheço, a contragosto, sabedoria na ponderação. O mundo está mesmo assim. É assustador quando correlacionamos essa ausência de pensamento e o excesso de ato festivo com a vida que levamos. Nem todo mundo vive da mesma maneira, é verdade. A maioria, no entanto, não está disposta a esquentar a cabeça com reflexões chatas ou complicadas. Para que entender a dor e o sofrimento se a farmácia está ali na esquina? Por que esperar no amor se os prazeres do corpo estão ao alcance de um telefonema? Por que ser honesto, fiel e honrado se não há justiça nem dos homens nem divina? Por que andar no estreito caminho da virtude se, de há muito, nos escandalizamos de Jesus?

O problema da filosofia é que trata das coisas no geral e alguém já disse, com grande sabedoria, que "toda generalização é errônea, esta inclusive".

Embora, às vezes, até o mesmo saber dissipa-se em ambientes inóspitos. Observando o comportamento da minha mãe, dos meus vizinhos e dos meus compatriotas, estou propenso a crer que, por estas bandas, a generalização não está tão errada assim.

Algumas aberrações, como Bruno, Cabeção e eu, talvez estejam pouco fora desse contexto. Somos párias nessa sociedade de luxúria e gozo perene.

---

1 Martin Heidegger – "Serenidade".

Ser pária é ser inferior socialmente falando, e eu já estava cansado de carregar a culpa do mundo.

Concluí que o meu caso era de excesso de pensamentos e ausência de comemorações.

Resolvi agir.

Era noite fria aquela outra sexta-feira, dia 26 de abril de 2002. Enchi com pano as sobras do casaco de couro e coloquei um barrete na cabeça. Era preciso parecer um pouco mais velho. Fui ao bar "Mentecapto" na Vila Madalena e pus-me a encher a cara de cachaça.

Como contei antes, moro com minha mãe, mas vivo sozinho. Sou livre para fazer o que der na telha. Mesmo assim, nunca havia me embriagado. Medo, ou desejo inconsciente de não ser igual a minha mãe, manteve-me longe do álcool.

Perdi os sentidos no bar e acordei no sofá do meu apartamento.

Posso dizer que o sucesso da minha automedicação foi parcial. Esvaziei a mente e o estômago por três dias seguidos. Dias de terríveis dores na cabeça e espasmos contínuos.

Depois dessa experiência desastrosa, perdi a fé por completo nos filósofos. Não me privei de grande coisa. Tornou-se algo vulgar e perigoso o que deveria ser tesouro precioso e solução para o entendimento da vida, da morte, da liberdade, do amor etc. O problema dos filósofos é que nos fazem acreditar neles. E no meio de algumas verdades, enchem-nos de ideias tolas e impensadas.

Você que está aí percorrendo com a vista, intranquilamente, este livro pode estar impaciente e discordando do que estou escrevendo. Então leia com atenção o texto que transcrevo:

"Há na espécie humana indivíduos tão inferiores aos outros que o emprego da força física é o melhor que deles se obtém. Tais indivíduos são destinados por natureza à escravidão porque, para eles, nada é mais fácil do que obedecer. Tal é o escravo por instinto: não possui razão além da necessária para dela experimentar um sentimento vago; não possui a plenitude da razão. Os outros animais dela desprovidos seguem as impressões exteriores, e a utilidade dos escravos é mais ou menos a mesma dos animais domésticos: ajudam-nos com sua força física em nossas necessidades."

Pergunto-lhe agora: quem disse isso?

Adolf Hitler, em histérico comício?

Fidel Castro, em sonolento discurso de oito horas de duração?

Um senhor de escravos qualquer, embriagado de caipirinha feita com açúcar dos seus engenhos?

Não senhor. O autor é filósofo. Não um filósofo qualquer.

É dos melhores: Aristóteles!

Já leu o que eles, no passado, escreveram sobre as mulheres, sobre os negros, os índios, os infiéis, sobre os indivíduos de cabeça pequena; e o que escrevem, nos dias atuais, sobre os gordos, sobre as loiras, as feias, as virgens, sobre os caras de cabeça pequena?

Os filósofos têm, querendo ou não, causado desgraças de todo tipo, às vezes por palavras carregadas de boa intenção, mas que servem de gatilho para disparar a sanha adormecida, mas sempre presente, no coração do homem.

Milhões de pessoas mortas pela obtusa ideia de igualdade; milhares de guerras pela impossível concepção de liberdade; milhões de pessoas mortas pela noção equivocada de superioridade racial; e tantas e tantas outras concepções assassinas; e quem pode garantir que o ódio contra feiticeiros e bruxos torrados nas fogueiras da Idade Média, não foi despertado pela inocente frase de Agostinho quando escreveu: "O ato criminoso de bulir com o mundo invisível".

O grande escritor[2] que a nossa brasílica terra produziu escreveu que a vida é "obra de lápis e esponja" e eu tenho a ficção em melhor conta que a realidade filosófica, por isso, não se surpreendam se apagador e giz atuarem em minha vida antes mesmo do fim desta história.

2 Machado de Assis

Pondo de lado a filosofia, retorno à narração dando graças a Deus por nunca ter exigido de mim a inteligência dos filósofos. De outra sorte eu seria o último dos desgraçados; como diria outro pensador, o finado Sören Aabye.

IV. CAPÍTULO 2

> "Assim como as crianças tremem e têm medo de tudo na escuridão cega, também nós, à claridade da luz, às vezes tememos o que não deveria inspirar mais temor do que as coisas que aterrorizam as crianças no escuro."
>
> Lucrécio, "Sobre a natureza das coisas"

Trinta dias após ter sido derrubado da árvore pelo gavião, gatos e cães continuavam a seguir-me de perto.

Na tarde do dia 13 de maio, saía da escola com o tornozelo refeito, o fígado parcialmente cozido e vários neurônios apagados pela hidroxila, quando me apareceu a garota que falou com o rato.

Pegou-me pelo braço, dizendo:

– Venha comigo!

Foi caminhando e puxando-me. Levou-me ao jipe estacionado do outro lado da rua.

Um gato miou, um cão latiu. Depois outro gato, outro cão. Mais outros.

O jipe estava ligado e havia um sujeito ao volante de direção. Ela abriu a porta do lado do passageiro e enfiou-me para dentro. Entrou em seguida.

Dezenas de gatos e cães, vindos de todos os lados, aproximaram-se do jipe rosnando e arreganhando os dentes.

– Vamos! – Disse ela ao motorista.

Alguns cães trombaram com o carro e gatos pularam sobre nós.

O motorista e a menina livraram-se dos gatos e dos cachorros e seguimos em direção à marginal do rio Pinheiros.

– Além de conversar com ratos, também sequestra pessoas? – Perguntei a ela.

Ela olhou para o motorista e balançou a cabeça em sinal de desapontamento. Não disse nada.

O jipe saiu da marginal e seguiu pela rodovia Castelo Branco, em direção ao Oeste.

– Retorne ou pare! Quero descer.

O motorista nem sequer olhou para mim.

– Ei! Diga aí para o seu namorado parar. Essa brincadeira não tem graça.

– Quem poderia imaginar que seria um mimadinho retardado? – Perguntou ela ao motorista.

Ele balançou a cabeça da mesma forma que fizera antes e pisou fundo no acelerador, dizendo:

– Bagagem, minha cara, é parte do seu fardo.

Prosseguimos a estrada em silêncio.

Quando ultrapassamos o entroncamento de Sorocaba ele parou o carro no acostamento e ficamos inertes dentro do jipe. Passei o braço por trás dela e abri a porta. Ela me empurrou com força de volta ao banco e bateu a porta.

– Se não ficar quieto, vamos amarrá-lo! – Gritou a garota.

Só então tive o conhecimento exato do que se passava. Aquilo, de fato, não era brincadeira de mau gosto. Estava sendo sequestrado.

O carro ficou estacionado cerca de dez minutos até o momento em que veio o gavião trazendo o rato e pousou na carroçaria.

A garota pegou o rato no colo e passou a conversar com ele como fizera no dia que a conheci.

O gavião acomodou-se no banco de trás e o motorista pôs o carro em movimento acelerando gradativamente, sempre em direção ao Oeste.

Anoiteceu e seguimos em frente. A noite estava fria. Ela protegeu o rato colocando-o dentro do casaco na altura do abdome. Terminou a Castelo Branco e o motorista seguiu pela rodovia Raposo Tavares.

Pensei que, à exceção da escola, demoraria bom tempo para notarem a minha falta. Cerca de quinze dias para a minha mãe e trinta para os avós perceberem que eu havia sumido. Na escola, talvez, num tempo menor alguém resolvesse saber de mim. De qualquer maneira tardaria a ajuda. Estava, como sempre, por conta própria.

Enquanto pensava fitei o rosto da garota. Apresentava-se em perfil e a luminosidade era precária, mas eu estava bem próximo e conseguia ver que era rosto comum, simétrico, numa cabeça normal. Os olhos eram amendoados como são os olhos dos orientais. Castanhos claros, mesma cor dos cabelos que esvoaçavam com a janela semiaberta. Olhos, ou melhor, olho esquerdo brilhante, igual aos dos gatos que nos seguiam, determinado, antipático. Olho de treze ou quatorze anos, não mais. Depois olhei para o rapaz e havia parecença no semblante deles. Não tinha mais que vinte.

Havíamos deixado Ourinhos e Assis para trás quando o motorista entrou num pequeno posto de gasolina. Entrou e saiu rapidamente. Avistou gatos sobre os caminhões estacionados.

Percorremos mais ou menos trinta quilômetros e paramos em outro grande e movimentado estabelecimento.

O rapaz ficou cuidando do carro que era abastecido e a garota, com o rato dentro do casaco, pegou-me pelo braço conduzindo-me até a lanchonete vazia.

Fez-me sentar em um daqueles bancos para duas pessoas. Empurrou-me para o lado da parede e ocupou a outra extremidade do assento.

Pôs o rato suavemente entre mim e ela. Tirou o casaco e colocou-o sobre a mesa, depois acomodou o rato sobre a mesa de forma que ele ficasse parcialmente escondido.

– Olhe para ele. Quando o vê, que enxerga?

– Um rato asqueroso.

– E quando olha no espelho, que vê?

– Que petulância! Você é muito atrevida, garota.

– Está enganado no que diz respeito a todos nós. Rafael não é o que aparenta; você não é o que o egotismo diz que é; e eu não sou insolente, grosseira ou petulante.

– Rafael é o nome do rato? Que piada! Só falta dizer que também possui carteira de identidade.

Ela não disse nada e ficou olhando para mim com aqueles faiscantes olhos espichados, esperando conversa mais digna.

– Tudo bem. Tratarei o seu amigo pelo nome. E, por educação, retiro o atrevida. Mas, por favor, diga-me por que estão vocês me sequestrando?

– Apenas tiramos você da área de vigilância do gato Gabriel, para que possa ouvir o que Rafael tem a dizer-lhe. Depois de escutá-lo, você tomará uma decisão livre. Se optar por regressar à barra da saia da mamãe, colocaremos você num ônibus, em Presidente Prudente, de volta para São Paulo.

– Tomara que a sinceridade seja maior que a urbanidade! – Eu disse.

Apareceu o atendente e ela puxou o casaco, com o rato junto, para o colo. Encomendamos refrigerantes e sanduíches. O garçom foi providenciar o nosso pedido e ela pôs novamente o rato sobre a mesa.

O rato começou a chiar baixinho e a olhar para mim.

– Ele está falando com você. Ouça-o!

– Se você ainda não percebeu, não sei falar língua de ratos.

Ela perguntou ao rato se seria mesmo eu a pessoa que deveria estar ali. O rato chiou para ela. Ela pensou um pouco e olhou bem dentro dos meus olhos. A fixidez do seu olhar deixou-me assustado. Essa moça é mesmo maluca. (Pensei)

– Você vai ficar aí sentado! Sem dizer palavra, olhando para Rafael, ouvindo-o, sem mover músculo, até entender o que ele está dizendo! – Proferiu ela em tom austero.

Achei prudente não contrariá-la. Fiquei olhando o rato que chiava e chiava. Fiquei olhando e olhando. O rato chiava e gesticulava com a cabeça e as patinhas dianteiras. Eu olhava e olhava; ouvia e ouvia. Indubitavelmente, ele queria comunicar-se comigo. – Que está acontecendo aqui? (pensei)

O garçom aproximou-se trazendo a nossa refeição. A garota foi encontrá-lo e pegou a bandeja da mão dele, evitando que chegasse à mesa onde estávamos.

Eu permanecia olhando para o rato e ouvindo-lhe o chiado.

Depois de algum tempo, que não sei precisar, passei a acreditar que compreendia alguma coisa do que ele chiava. A garota passou a exprimir por palavras o que o rato estava dizendo e então aconteceu uma coisa fantástica: eu estava entendendo o que ele dizia e o reforço da voz da menina serviu para abrir completamente a minha compreensão.

Maria Luíza calou-se. Eu entendia tudo o que o rato dizia!

Entrei em pânico. Presumi que enlouquecera.

Haveria algum tipo de loucura contagiosa?

Uma terrível sensação de pavor tomou-me conta do espírito. Fechei os olhos e cobri os ouvidos com as mãos geladas. Fiquei assim por alguns minutos. O rato parou de chiar. A garota permaneceu calada.

Abri os olhos retirando as mãos dos ouvidos e tudo estava do mesmo jeito. O rato ali na minha frente e a garota sentada ao meu lado.

– Você fala mesmo! – Disse ao rato.

– É mais correto afirmar que você consegue comunicar-se comigo.

A garota levantou-se e colocou-me a mão direita suavemente no ombro contraindo-a afetuosamente.

– Seja bem vindo! Vou deixá-los a sós para conversarem. Não demorem, a esta altura Gabriel já sabe onde estamos.

– Como você sabia que se eu o ouvisse e ficasse olhando para ele, entenderia o que estava dizendo? – Perguntei a ela.

– Não sabia. – Disse a garota afastando-se até a porta da lanchonete.

O rato falou, eu ouvi.

Quanto mais ele falava mais eu me convencia de que, irremediavelmente, enlouquecera. Tão irreais eram as revelações que só poderiam existir na imaginação de uma mente esquizofrênica. A minha, é claro. Não a do rato, criação da psique doentia.

– Eu sou um; não sou o doutor Jeckill. Tenho controle das forças e impulsos interiores. Minha vontade e o meu autoconhecimento dominam-me o inconsciente. Eu sou um. Não deixarei nenhuma personalidade, nenhum demônio assumir o controle. Eu não sou o doutor Jeckill. Eu não sou médico, nem monstro. – (Pensei falando baixinho como se estivesse rezando).

O rato ficou em silêncio e, quanto terminei minha cantilena, prosseguiu com a sua história maluca.

Não conseguia me concentrar naquilo que o rato dizia. Muita coisa fazendo eco na cabeça.

Pânico sobressalto tomou conta de mim.

Maria Luíza e o motorista desembaraçaram-me daquele cativeiro mental:

– Venham! Precisamos ir agora!

A garota pegou o casaco e o rato e saímos rapidamente da lanchonete. Ninguém havia tocado na comida que ficou sobre a mesa.

Ouvi latidos de cachorros.

O motorista pegou um porrete que estava no chão e gritou:

– Corram!

Cercaram-nos os cães antes de chegarmos ao Jipe.

Maria Luiza deu-me o rato.

– Proteja-o mais que a própria vida!

Tirou o casaco e enrolou-o no braço esquerdo. O rapaz motorista ficou na frente e a garota atrás de mim e assim fomos, lentamente, caminhando em direção ao carro.

Os cães atacavam e o rapaz e a garota repeliam-nos com socos, pauladas e golpes de capoeira. O gavião ajudava na peleja avançando com garras e bico sobre os cães vira-latas.

– Proteja o Rafael! Dizia a garota para mim.

Eu havia colocado o rato dentro da camisa e segurava-o com as duas mãos.

Alguns cães conseguiram passar por eles e avançaram contra mim. Afastei-os a pontapés.

Conseguimos chegar ao local onde estava o Jipe. Sob a proteção de Júlio, eu entrei primeiro com o rato, depois a garota. Ele deu a volta no carro, até a outra porta, lutando sozinho contra os cães.

Partimos arrastando alguns cães e trombando com outros que se lançavam contra o carro.

O rapaz e a garota vertiam sangue pelos braços e pelas pernas.

Ele conduziu o jipe em alta velocidade por, aproximadamente, quinze minutos, depois parou no acostamento e pegou uma caixa que continha medicamentos, lanterna e utensílios para primeiros socorros.

Entregou a caixa para mim. Entrou no carro novamente e seguimos rumo a Presidente Prudente.

– Cuide dela!

Ela pegou o rato e o entregou ao gavião. Depois, foi-me orientando sobre o que fazer.

Tratei os ferimentos e não pude deixar de notar antigas cicatrizes nos membros dela.

Mais adiante ele parou novamente e a garota pensou os ferimentos dele enquanto eu segurava a lanterna e o gavião voava baixo vigiando ao longo da estrada.

De volta ao carro e à estrada, ela me perguntou:

– Vai seguir conosco?

– Não. Quero retornar ao meu apartamento.

– Covarde... – Disse a garota, pronunciando por entre dentes.

Rafael repreendeu-a.

– Desculpe-me, mas... por quê? – Perguntou-me ela.

– Porque eu acredito que enlouqueci e devo estar abandonado em algum canto qualquer do mundo, em estado catatônico. Isto tudo é pesadelo. Um terrível sonho delirioso.

Ela ficou quieta, pensando, depois me aplicou forte beliscão.

– Você não está sonhando. Um mundo inteiro depende de você, louco ou não.

Rafael pediu a ela que não me constrangesse àquela decisão e eu pedi a ele que repetisse tudo o que me havia dito.

O rato, pacientemente, repisou as palavras, repetindo-as uma a uma com resignação e virtude de santo.

Falou sobre o universo dinâmico com dimensões variáveis e sobre a existência de outro mundo paralelo ao nosso: o Purgatório.

Um mundo onde magia não era coisa só para curar mau-olhado; e metamorfose não significava apenas a mudança de forma de certos animais tal qual lagarta virar borboleta ou girino transformar-se em sapo.

Um mundo violento e cruel que perdera a possibilidade de reencontrar-se com a bem-aventurança, desde o dia em que Trev tomara o poder e transformara o legítimo rei Rafael em rato.

A única força capaz de deter Trev estava guardada em local inviolável, a Fortaleza do Diamante cuja chave para acesso era o ácido desoxirribonucleico do seu construtor, assassinado e transformado em cinzas pelo terrível Trev. Por precaução Trev também incinerou todos os parentes, amigos, vizinhos ou pessoa que pudesse ter tido qualquer tipo de contato com o construtor. As cinzas de todos eles foram lançadas ao vento no Vale das Tempestades, local de furacões constantes e habitado pelas criaturas das trevas, filhas de satã e aliadas de Trev.

Os governantes que sobreviveram foram o rei Rafael, transformado em rato, e Alexandre, o ministro da magia, transformado em gavião; ocultados e protegidos, desde então, pelos cavaleiros da Ordem da Cruz.

Por meio do feitiço da metamorfose, Trev semeou pânico na corte do rei Rafael. Todos os seus auxiliares diretos foram transformados em animais, até o mesmo ministro da magia, guardião do rei, foi vítima do poderoso feitiço lançado por Trev. O *contrafeitiço* que lançou não foi suficientemente forte para evitar a maldição. Impediu que ele se transfigurasse em rato, porém transformou-o em gavião.

O construtor da fortaleza, ministro das ciências do rei Rafael, cujo nome era Francis, foi quem também descobriu a passagem bidimensional que permitiu a transposição daquele mundo para o nosso.

Francis, o construtor, fez inúmeras viagens ao nosso mundo e aprendeu muitas coisas sobre filosofia, ciência e religião e tornou-se o principal conselheiro do rei Rafael, que, por influência de Francis, converteu-se ao Cristianismo e fundou a Ordem da Cruz.

Na última viagem feita ao nosso mundo, Francis, fortuitamente, encontrou-se com uma mulher, em local próximo ao portal, às margens do Rio Aquidauana. Apaixonou-se por ela com quem manteve relacionamento intenso, íntimo e breve.

Relacionamento que nunca, nem em sonho, chegou ao conhecimento de Trev, para sorte da mulher, seus parentes e amigos.

Por alguns dias viveram paixão arrebatadora. Ele não contou nada a ela além do nome, mas prometeu amá-la eternamente e marcou data e local para o próximo encontro, pois precisava retornar ao seu mundo para avisar o rei sobre sua decisão.

Naquela semana em que aqui Francis permaneceu, Trev conseguira o seu intento maligno, transformando o rei em rato, invadindo, de assalto, o palácio e, auxiliado pelas forças das sombras, tomando o poder.

Quando Francis retornou ao seu mundo já o encontrou totalmente transformado pela malvadez de Trev, seus aliados e seguidores. Francis contou ao rei, metamorfoseado em rato, que retornaria aos braços da mulher amada e disse a ele o local, a data e hora em que a encontraria no outro mundo. O grande rei desejou-lhe felicidade, mas antes da despedida as forças do mal caíram sobre eles e Francis, em ato heroico para salvar a vida do rei, foi preso e transformado em cinzas como já contei antes.

O rei escapou protegido pela Ordem da Cruz e, na data e hora marcadas por Francis, esteve no local do encontro.

Entre o arbusto rasteiro ele viu a mulher esperar, em vão, a felicidade. Viu as lágrimas dos seus olhos misturarem-se com as águas do rio Aquidauana. Viu, estampadas na face dela, a decepção e a tristeza que lhe tomaram conta do coração.

Então, o grande rei mostrou-se! Foi até a mulher e colocou-lhe aos pés uma moeda de ouro cunhada no seu mundo.

A mulher abaixou-se lentamente e pegou a moeda com a cruz desenhada e a inscrição: "Fé". Entendeu a mensagem do rato. Não sabia o motivo, mas deduziu que o seu amado não viria ao encontro sagrado.

Ela soluçou, enxugou as lágrimas do rosto, agradeceu ao rato e partiu, deixando ali, às margens do rio, o último fio de confiança nos seres humanos.

Pouca coisa no Purgatório resistiu à devastação causada pelas criaturas das trevas. A Ordem da Cruz, na clandestinidade, foi, lentamente, fortalecendo-se e, treze anos após a ascensão de Trev, está em condições de enfrentá-lo com alguma oportunidade de êxito, se possuir a força contida na Fortaleza do Diamante.

Foram essas as coisas que o rato me contou.

Desse modo, sou o fruto da união ardente e amorosa de duas pessoas separadas pela maldade de mundos distintos.

Quando o rei parou de falar, Maria Luíza pegou o seu telefone portátil, depois segurou-me a mão direita com a mão esquerda dela e pôs o aparelho sobre a minha mão aberta. Fechou-a sobre o celular.

Naquele breve momento em que minha mão ficou entre as dela, olhei para os seus olhos e, entre faíscas, vi vestígios de um enigma só nosso; indizível por pertencer àquela restrita coisa cuja essência a palavra não é capaz de conter em si.

– Ligue para a sua mãe. – Disse ela, libertando-me do olhar arrebatador.

Era tarde e às más horas. Hora em que minha mãe estava desperta e ativa.

Havia sinal de telefonia celular. Liguei.

O motorista parou o carro no acostamento.

Quando atendeu o telefone devia estar surpresa. Nunca lhe ligara após a meia-noite.

– Oi meu bebê... Está tudo bem? Precisa de alguma coisa? Está com insônia?

– Mãe... Preciso saber uma coisa importante para mim...

– Espere um pouquinho.

Havia barulho de música e som de vozes. Ouvi um bater de porta e depois tudo ficou silencioso.

– Pode falar meu bebê, agora posso ouvir melhor.

– Mãe... A senhora já esteve, alguma vez na vida, em Mato Grosso do Sul, nas imediações do rio chamado Aquidauana.

– Oh, meu bebê... Já estive em tantos lugares... Mas por que quer saber disso agora?

– Mãe... Por favor, não me enrole. Apenas responda: já esteve nesse lugar?

Houve silêncio por alguns segundos e quando mamãe voltou a falar, sua voz estava vacilante:

Sim... Sim... Uma única vez... Há muito tempo... Antes de você nascer... Quando você for um pouco mais velho... Quando for um pouco mais velho... Prometo... Quando você for um pouco mais velho...

– Obrigado.

– Está tudo bem com você? Está em casa?

– Está tudo bem, mamãe. Desculpe-me por ligar tão tarde. Beijo.

– Beijo. Cuide-se!

O motorista pôs o carro em movimento e pisou fundo no acelerador.

Alguns quilômetros adiante, Maria Luíza repetiu a pergunta:

– Você segue conosco?

– Sim. Acho que chegou a hora de conhecer o mundo do meu pai.

Logo que passamos o entroncamento de Presidente Prudente, paramos em outro posto de gasolina.

Enquanto o tanque do jipe era completado, fizemos, rapidamente, um lanche.

Tomei emprestado o celular de Maria Luíza e liguei para Bruno pedindo-lhe que avisasse à coordenadora da escola que eu faltaria alguns dias por motivo de viagem.

Quando devolvi o telefone para ela, o rapaz motorista aproximou-se de mim e, enfim, identificou-se:

– Sou Júlio, irmão da Maria Luíza. Somos daqui do seu mundo, mas pertencemos à Ordem da Cruz. Já estivemos no Purgatório muitas vezes e por longo tempo; é lugar perigoso e quando Trev souber que você carrega o ADN do construtor, tudo vai ficar muito mais arriscado para todos nós. Está seguro de que quer correr tal risco?

– Sim.

– Ótimo! Somos agora cinco contra os gatos e cães de Gabriel.

– Quem é Gabriel?

– É o fiel discípulo de Trev no nosso mundo. Aqui possui poder contra gatos, cães vira-latas e outros pequenos animais. Vão nos criar, com certeza, algumas dificuldades até o portal. Creio que a primeira será na ponte sobre o rio Paraná, em Presidente Epitácio. Gabriel sabe que teremos de passar por lá.

Senti-me fazendo parte, pela primeira vez, de uma equipe com objetivo e ideal definido. Sim, éramos cinco: o rei, o guardião, Maria Luíza, Júlio e eu. Seguimos adiante.

V. A SEMENTE, A CENTELHA E O FIEL DA BALANÇA

> “O medo de coisas invisíveis é a semente natural daquilo que todo mundo, em seu íntimo, chama de religião.
>
> Thomas Hobbes, “Leviatã’

Para uma pessoa normal, a realidade não está sujeita à dúvida; as coisas acontecem dentro de lógica infalível e se alguém percebe um arranjo diferente dessas coisas, segundo outras relações ilógicas, isso acontece por ter perdido aquilo que se convencionou chamar de razão.

Toda uma cadeia de raciocínios impecáveis desmorona-se como peças de dominó.

De tal experiência nenhuma consequência será suficiente para fazê-lo conhecer outra disposição para o que foi abaixo.

É essa a origem dos loucos, visionários, profetas, beatos e de todos os que transpõem o nível de consciência das pessoas em geral.

Por isso, quando Júlio explicou-me o que era a Ordem da Cruz, confesso, hesitei em prosseguir naquela aventura. Um pensamento, no entanto, fez-me manter a decisão: seria apenas a loucura dentro da demência.

Disse-me:

– Aos primeiros cristãos foi pedido que fossem “a semente, a centelha e o fiel da balança”. A semente para fazer germinar, nascer e crescer a doutrina revolucionária do Cristianismo. A centelha para, num mundo formado pela escuridão da ignorância, da violência, do pecado e da dor, ser para os homens fagulha de luz a guiá-los em direção a Deus. O fiel da balança para, como exemplo de vida, fazer a diferença entre o bem e o mal, entre a superficialidade do corpo e a profundidade do espírito, ou, simplesmente, indicar a dissimilitude entre ser humano e ser bicho.

Quando comecei a escrever, disse a você que lê este livro, não gostar do meu nome e de muitas outras coisas. Pois bem, dentre elas, a mais detestável para mim, de parte apenas a cebola, é a religião.

Quase todas as guerras que aconteceram, e ainda acontecem, têm, em maior ou menor intensidade, a religião como motivação.

Mesmo aquelas provocadas por ideologias como o nazismo ou o comunismo, religiões dos tempos modernos, têm por amparo a crença na existência de forças sobrenaturais, consideradas a redenção da humanidade, e como tal, devem ser adoradas e obedecidas. Nascendo daí os ídolos, as lendas e a palavra de ordem. Os exemplos estão na história recente; basta olhar para a Alemanha, o Chile, o Paraguai, a União Soviética, a China, Cuba etc. O nosso próprio país é exemplo medíocre desses extremos.

Não há para mim diferença significativa entre um cara com o cabelo cortado ao estilo neonazista, outro usando camisa com a foto de ídolo revolucionário comunista, ou aquele outro que carrega a bíblia pregada às axilas.

A ciência, a filosofia e a religião pertencem às características que fazem a diferença essencial entre o homem e o animal. Eu sei disso porque professores, padres e os meus companheiros politicamente enganjentos vivem a repetir.

O homem conversa com si mesmo e isso o diferencia do animal que não executa nenhuma função genérica sem outro indivíduo fora dele.

A religião é alguma coisa idêntica à consciência do homem, mas é também a consciência do infinito. E, enquanto permanece no plano das ideias, não me aborrece. O que me chateia é a contradição demonstrada ao anular, pela teologia, a relação de proximidade entre o homem e o seu Deus.

E, naquele momento, um rato, Júlio e sua irmã de olhos faiscantes apresentavam a mim uma proposta extraordinária e idealizada. Proposta ambiciosa nos seus objetivos e fundamentada em valores religiosos. Para eles, algo nobre e digno pelo qual vale a pena viver; para mim, insanidade arrastando-me para o Purgatório.

Os mais velhos dizem não ser prudente discutir religião, política e futebol. Há sabedoria nisso, pois, à exceção do futebol, em que a razão, a inteligência e a paixão convergem para o fato de não haver nenhum time que, nem sequer de longe, se compare ao imortal Santos, os outros dois temas quase sempre conduzem a lugar nenhum.

Assim, abstraindo-nos da religião, retornemos à história, pois, na sequência, encontrei muitas situações execráveis.

VI. CAPÍTULO 3

> "Como escuros profetas perdidos,
> Conversarão apenas os cães, pelas várzeas.
> Fortes perguntas. Vastas pausas.
> Nós estaremos na morte
> Com aquele suave contorno
> De uma concha dentro da água."
>
> Cecília Meireles – "Cantarão os galos"

A madrugada estava fria; eu usava a blusa que Maria Luíza me emprestara. Cansado, recostei a cabeça ao ombro dela e cochilei.

Pouco antes de chegarmos à ponte sobre o rio Paraná, Júlio acordou todo mundo: queria que estivéssemos preparados para enfrentar Gabriel.

Fundadas eram suas preocupações, pois ao entrarmos na ponte, uma coisa monstruosa foi soerguendo do asfalto e tomando vulto na outra extremidade. Fechou a estrada preenchendo toda a largura do passadouro. Dois automóveis que seguiam a nossa frente brecaram abruptamente.

Maria Luíza entregou o rei ao gavião que voou levando-o em suas garras.

Júlio aumentou a velocidade.

– Que vai fazer? – Gritei.

– Gabriel não possui poder mágico real aqui no nosso mundo. Age apenas por sugestão e encantamento. Isso deve ser miragem, uma ilusão de ótica.

– Deve? – Resmunguei, segurando com toda força a barra de apoio.

Desviou-se dos carros e entrou acelerando dentro daquela espessa nuvem de fumo que constituía a fantasmagórica imagem criada pelo gato Gabriel.

Ouvi barulho de colisão de veículos e o som dos pneus cantando no asfalto atrás de nós.

Passamos, mas logo adiante havia uma barreira formada por gatos, cães e outros pequenos animais.

O jipe trombou com a barreira viva abrindo uma fenda por onde passamos desgovernados.

Júlio conseguiu controlar o carro no acostamento antes que se chocasse com as árvores do cerrado à margem da pista.

A batida contra o muro de gatos e cães causou avarias e o jipe passou a fazer ruído estranho.

O guardião retornou trazendo o rato.

Seguimos avante.

O rei sugeriu que nos desviássemos da rota e descansássemos antes de transpor o portal.

Paramos em Nova Andradina.

Às onze horas, Maria Luíza acordou-me. Saímos da pousada por volta do meio-dia.

Júlio havia trocado de carro. Estava agora com uma picape.

– O jipe ficou em mau estado, não aguentaria chegar ao portal. – Disse ele.

A decisão de mudar o caminho e parar em Nova Andradina despistou o gato Gabriel.

Seguimos sem nenhum contratempo até Campo Grande.

Durante o percurso o rei comeu queijo na mão de Maria Luíza e contou detalhes do seu mundo. Um mundo com recursos naturais semelhantes aos nossos. Dividido, desde épocas imemoráveis, em dois tipos de pessoas: Esperançados e Desventurados.

Os Desventurados, que somam três quartos da população mundial, estavam à frente dos seus adversários quanto à tecnologia de guerra. Não cultivavam a virtuosidade ou a honradez e eram hábeis nos negócios e nos jogos. Dominaram e governaram o mundo por mil anos, mas, em abundância, bandos sediciosos lutavam entre si mesmos, constantemente. Após duas guerras com utilização de artefatos nucleares, quando se aniquilaram, ocorreu a coroação do primeiro rei Esperançado. Iniciou-se, dessa forma, a dinastia dos Zulos que reinou por 135 anos, até o dia da usurpação do trono do rei Rafael Zulo, há treze anos, por Trev, um desventurado da antiga região dos lagos, território que, após a última guerra, passou a ser chamado de Vale das Tempestades.

Os esperançados cultivavam a agricultura, gostavam da pecuária, desenvolveram a ciência pura, a filosofia e as artes; habitavam a Terra das Montanhas ao oeste. Atualmente, vivem em grande dificuldade: são vítimas frequentes de saques. Os homens de Trev roubam-lhes as lavouras, o gado, as mulheres e crianças.

Os desventurados não formavam família. Seus filhos eram criados em instituições semelhantes aos nossos orfanatos. Sexualmente livres e ativos, geravam muitos filhos e a mulher desventurada ocupava-se, com exclusividade, da reprodução e da lascívia, fonte principal do seu sustento.

Desventurados ou esperançados, no entanto, raramente afirmam por verdadeiro o que sabem ser falso.

O reinado dos esperançados foi um período de reconstrução e os governantes demonstraram paciência sem limites no trato com os desventurados que, arrogantes e violentos, se recusavam a cumprir as três leis fundamentais do Reino instituídas no início da dinastia Zulo: respeitar a si mesmo, respeitar ao próximo e respeitar a natureza.

Nos territórios de dominação exclusiva dos desventurados continuaram os espancamentos dos mais fracos, os saques, os incêndios, as brigas de facções e, quando a noite chegava, indescritíveis orgias e o medo provocado pela magia negra. Ninguém vivia em paz. O horror paralisava as pessoas e, ao mesmo tempo, o pavor servia de motivação para suas vidas.

Com o advento da Ordem da Cruz, o processo de construção de uma sociedade menos cruel foi acelerado, espalhando pelo mundo inteiro a possibilidade de subsistir sem violência e de acordo com as leis fundamentais.

Muitos desventurados passaram a viver com moderação e paciência. Surgiram os primeiros grupos familiares entre eles.

A ação da Ordem da Cruz, por outro lado, despertou o ódio dos seres das trevas que se sentiram ameaçados pelo estilo de vida adotado pelos desventurados convertidos ou, como diziam as criaturas das trevas, desventurados traidores.

Os seres das trevas eram desventurados que, pelos efeitos da radiação das guerras nucleares e por consequência do desmedido uso da magia negra, transformaram-se em criaturas horrendas cujos corpos apresentavam pouca similitude com o físico humano.

Os seres das trevas eram tratados como cidadãos do reino e gozavam dos direitos civis e políticos, mas nunca aceitaram as leis fundamentais, origem do conflito que levou à destruição da dinastia Zulo.

O gatilho da rebelião disparou quando Trev, que rotineiramente agredia a mãe, contrariando a segunda lei, foi repreendido severamente pelos desventurados convertidos. Ele continuou a maltratar a pobre mulher e, para demonstrar sua coragem e ódio aos traidores, matou-a e até o sangue lhe bebeu.

Fizemos outra parada em Campo Grande, onde Júlio comprou algumas coisas e seguimos em direção ao Pantanal.

Antes de chegar a Aquidauana, saímos da estrada asfaltada e entramos à direita, em direção às montanhas. A última placa que vi no asfalto indicava o distrito de Camisão.

Quando avistei um morro que Ana Luíza disse ser o Morro do Chapéu, na Serra de Maracaju, ela vendou-me os olhos.

Andamos muito tempo por estrada esburacada, depois paramos, descemos da picape e caminhamos bom trecho a pé. Ouvi o motor do carro que seguiu em outra direção.

Quando me desvendaram, estávamos à beira do rio Aquidauana, num lugar de muitas pedras e águas profundas.

– Onde estamos? – Perguntei.

– Este lugar é pouco conhecido, eu o chamo de "poço sem fundo". – Disse a garota.

Sentamos nas pedras e ficamos apreciando a bela paisagem até o momento em que Júlio chegou sem o carro, que guardara em algum esconderijo sob as montanhas.

Júlio acomodou o rei e o guardião em duas caixas especiais que trouxera. Colocamos dispositivo de mergulho fabricado no outro mundo, que impressionava pelo reduzido tanque de oxigênio concentrado.

Júlio mergulhou no poço levando o rei e o guardião. Maria Luíza, com a mão direita, segurou-me a mão esquerda e, em seguida, pulamos na água.

Descemos verticalmente renteando a parede de pedra. Ela puxava-me pela mão. Depois, seguimos horizontalmente por uma abertura circular e estreita que exigiu que a garota ficasse abraçada a mim para assim passarmos pelo túnel de pedra com relativa segurança. Na última etapa, subimos horizontalmente num poço semelhante àquele que descemos.

Chegamos à superfície. Júlio puxou-me para fora da água.

Estávamos novamente sobre pedras, mas o cenário era outro. Não havia muito que olhar. Névoas, cinzas e vento. Chegáramos ao Purgatório.

– Este é o Vale das Tempestades. – Disse-me Júlio.

Ele ligou um aparelho de telefonia móvel daquele mundo. Apertou uma tecla. Alguém atendeu. Júlio disse:

– A luz chegou.

O rei explicou-me o que iria acontecer: duas aeronaves invisíveis aos radares das forças de Trev viriam nos buscar. O rei, o guardião e Júlio voariam numa delas para o comando central da guerra. Eu e Maria Luíza seguiríamos na outra. Nossa missão era abrir a Fortaleza do Diamante. Teríamos ajuda dos tripulantes do avião que saberiam o que fazer, caso tivéssemos sucesso. Disse que eu não poderia usar o meu nome para não chamar atenção e pediu-me que escolhesse um apelido. Veio-me à mente a cena de um filme de que gosto, disse:

– Etienne Navarre.

– Maria Luíza deixou entrever um sorriso como se tivesse aprovado a minha escolha.

Não demorou e as naves pousaram. Pequenos aviões negros e arredondados, denominados morcegos. Escuros e silenciosos. Na parte superior da porta havia um símbolo. Um "A" estilizado. Lembrou-me o símbolo do Anarquismo, mas o círculo estava dentro da letra. Olhando melhor, não era um círculo; era um olho e, no lugar da letra "A", um trilátero. Dentro do triângulo, um poderoso olho a fitar-me no que tinha de pior no espírito. Senti medo e desviei o olhar.

Antes de embarcar, Júlio passou-me o rei.

– Ele quer lhe falar algo em particular.

Júlio e Maria Luíza afastaram-se.

O rei disse-me ao ouvido:

– Perdoe-me por rogar-lhe tão grande sacrifício. Somente Cristo poderá recompensá-lo. Apenas nós cinco sabemos quem você é. Não fale sobre isso com ninguém. Francis é nome proscrito neste mundo, jamais o pronuncie. A partir de agora e enquanto permanecer por aqui seu nome será Etienne Navarre. Outra coisa: não morra! Deixe-se guiar por Maria Luíza e avalie com boa vontade as sugestões dos tripulantes. Caso sobreviva encontrará, no curso da missão, duas coisas que todo ser humano procura.

Leve, sempre próximo ao coração, o medalhão que está recebendo neste instante e ele lhe avisará quando encontrar cada uma delas.

O rei chamou o homem que descera do primeiro avião. Ele aproximou-se e pôs-me no pescoço uma corrente com medalhão que mais parecia relógio de bolso.

Fez-se silêncio.

O homem disse:

– Trinacria!

Todos, em prece, repetiram:

– Trinacria!

Foi a primeira vez que ouvi aquela palavra.

O homem, o rei, o guardião e Júlio entraram na nave; Júlio acenou.

Partiram.

Do outro avião desceu uma mulher.

– Sou Cármen: piloto e mecânico desta aeronave. Estão prontos?

Entramos no avião e decolamos.

Na nave, conheci os dois outros tripulantes: Pedro, o velho, e Ivo, o capelão. Ambos já conheciam Maria Luíza.

Após as apresentações, o velho disse:

– Voaremos cerca de quarenta minutos, depois faremos o restante da jornada a pé. São, aproximadamente, cem quilômetros em terreno inóspito e traiçoeiro. Três lideranças das criaturas das trevas disputam o território que atravessaremos: o iracundo Cabeça-de-cuia, o cruel Ausentino e a terrível Dama da Noite.

– Por que não podemos ir adiante com o avião? – Perguntei.

– Trev colocou um escudo para impedir o tráfego aéreo sobre a Fortaleza do Diamante. Há uma rede de raios laser cobrindo todo o espaço nessa região. Os radares não identificam a nossa nave, mas não temos proteção contra os canhões de laser.

Cármen pousou o morcego no solo arenoso e estéril do Vale das Tempestades; descemos usando roupas típicas dos habitantes daquela região e, quando nos distanciamos da aeronave, ela apertou um botão no controle remoto iniciando-se uma espécie de remoinho de pó, que cobriu o avião, formando pequeno morro de areia.

Todos, exceto eu, carregavam mochila às costas. Cármen levava ainda pequeno aparelho videotransmissor que permitia comunicação com o Comando Central.

Avançamos sorrateiramente, passando por montanhas de areia, desviando-nos de precipícios, escalando rochas ou pulando sobre grutas e fendas abertas no solo lapídeo.

Por todo o caminho vi formas de homens e animais transformados em estátuas de pedras calcárias. Homens calcificados, pálidos e poeirentos. De momento a momento, ossos de animais e caveiras humanas soterradas tornavam-se aparentes pela ventania.

Raramente encontrávamos seres vivos e todos, à distância, fugiam de nós.

Anoiteceu e ficou frio. O vento tornava quase insuportável caminhar àquela temperatura. Andamos mais um pouco e paramos no abrigo de uma caverna de pedra cujo interior era escuro como breu.

Cármen instalou dispositivo de segurança na entrada da caverna, ligou minúscula lanterna e guiou-nos para o interior. Andamos mais ou menos quinhentos metros e paramos para passar a noite ali.

Cármen pôs em funcionamento o aparelho comunicador e vimos na tela que o rei já chegara ao comando central e ficamos sabendo que a guerra se concentrava na região leste, milhares de quilômetros distantes de onde estava a Fortaleza.

Maria Luíza conversou comigo e tirou da mochila água e alguma coisa comestível. Percebi que ela também carregava um medalhão. Ela o abriu e dentro havia um pequeno frasco. O rei dera-lhe com a recomendação de beber quando julgasse que chegara o seu último ato na vida.

Comemos, bebemos, conversamos; tudo com muita moderação, e fomos dormir.

Dormi bem e estava em sono profundo quando fui acordado por Ivo que me foi arrastando para o fundo da caverna.

– Venha Etienne! O alarme disparou. – Disse ele.

– E os outros? Onde está Maria Luíza?

– Não se preocupe. Estarão bem. Talvez sejam apenas animais em busca de abrigo. De qualquer maneira minhas ordens são para protegê-lo a todo custo.

Afundamos na caverna escura até encontrar a parede de pedra. Ele foi com uma das mãos apalpando a parede e com a outra me puxando até que encontrou uma abertura. Entramos por ela e nos escondemos.

Cármen deixou o farolete apagado no lugar onde estávamos dormindo e foi, com o velho e Maria Luíza, para o outro lado da caverna e lá esperaram. Viram a luz que, intermitentemente, vinha em direção a eles acompanhada do som de passos apressados.

O velho com o ouvido no solo disse que eram seis pessoas. Havia possibilidade de que fossem indivíduos buscando abrigo, por isso eles se deitaram no solo e, de tocaia, aguardaram a confirmação.

Quando o grupo estava próximo, Cármen acionou o controle remoto e o farolete acendeu. Imediatamente os visitantes abriram fogo em direção ao farolete.

Não era gente do bem.

Cármen, o velho e Maria Luíza disparavam suas armas de raio laser.

Ivo apertou o relógio e aguardou.

Ascendeu luz azul. Disse:

– Venha!

Quando encontramos os outros, já estavam prontos para partir.

– Alguém ferido? – Perguntou Ivo.

– Perdemos só o farolete. – Respondeu Cármen.

– Vamos! A Dama da Noite vai mandar mais gente quando sentir a ausência desses guardas-noturnos. – Disse o velho.

Ivo ligou a lanterna e examinou os corpos inertes das criaturas; eu passei ao largo deles conduzido por Maria Luíza.

– Você não precisa ver isso. – Disse ela.

– Não faça de mim fardo mais pesado do que já sou.

– Esqueça as nossas conversas anteriores. Pensava que você fosse um baobá.

– E agora, pensa que sou uma flor a cativar-lhe o coração?

– Não. Talvez você seja um pequeno príncipe perdido num mundo distante e, concomitantemente, tão próximo de você mesmo.

O velho ouviu a conversa.

– Que é baobá? – Perguntou.

– É uma grande árvore oca que tem água no miolo. – Respondeu Maria Luíza.

– E por que a flor lhe cativaria o espírito?

– É história do nosso mundo: história de um príncipe puro de coração.

– Pode contá-la para mim um dia?

– Sim. Um dia contarei ao senhor.

– Pedro. Pedro ou Pedrão é como me chamam os amigos.

Seguimos em frente preferindo andar sobre as pedras. Cármen cuidava de apagar nossas pegadas. Ouvimos explosões e barulho de motores ao longe.

Caminhamos até o amanhecer, depois paramos noutra caverna para descansar. Estávamos numa colina e tudo em volta era montanha.

– Estamos livres, até o escurecer, da Dama da Noite. Ela não age à luz do dia. – Disse Ivo.

– Agora temos de nos preocupar com Ausentino e o Cabeça-de-cuia. Faremos o que for possível para evitar que alguém deles note a nossa presença. – Disse Pedro.

– Por que não age ela durante o dia? – Perguntei.

Enquanto fazíamos o desjejum, Pedrão deu-me explicação detalhada sobre os três indivíduos que nos estavam a ameaçar:

– Dama da Noite é criatura das trevas que não consegue sobreviver à luz do dia. É a mais poderosa feiticeira deste mundo, mestra na magia da metamorfose e aliada de Trev na conquista do poder. Foi ela quem preparou a poção que Trev lançou sobre o palácio para transformar o rei em rato. Antes mesmo de Trev governar, ela já lançava seu feitiço maligno indiscriminadamente contra os esperançados. A família de Ivo foi vítima da sua crueldade. Dama da Noite transformou-lhe a mulher em ovelha e suas duas filhinhas queridas, em novilhas branquinhas. Dizem que durante o dia Dama da Noite recolhe-se às profundezas para ficar em companhia do filho. Um monstrengo sem alma e, em maldade, muito pior que ela.

Sabemos pouca coisa sobre Ausentino; apenas que ele veio de um mundo de outra dimensão. Talvez do próprio inferno, de onde, como dizem, veio Trev. Informações não confiáveis dão conta de que ele é o pai de Cabeça-de-cuia.

Dentre os três, Cabeça-de-cuia é o que mais se expõe e sobre quem há mais informações, embora algumas delas não confirmadas. Descobriu para os desventurados o portal de passagem para o mundo que vocês chamam de Terra. Francis, o construtor, havia descoberto duas passagens. Uma delas caiu no conhecimento de Trev que a destruiu com explosão nuclear. A outra, aquela que vocês usaram, ele sabe que existe, mas ainda desconhece a localização. A passagem que Cabeça-de-cuia descobriu só pode ser utilizada de sete em sete anos e nós não sabemos onde fica exatamente. No seu mundo ela está em algum lugar nas águas do rio Parnaíba, região que Cabeça-de-cuia visita a cada sete anos e sempre que por lá aparece devora uma moça que, necessariamente, seja chamada Maria.

Sobre Cabeça-de-cuia dizem, sem comprovação, ser ele filho de conjunção carnal por estupro, entre a Dama da Noite e Ausentino, violação cuja autoria é dela. Se tal versão for verdadeira, é provável que Dama da Noite não saiba que um dos seus inimigos seja o próprio filho. Isso confirmaria outra versão na qual a Dama dorme o dia inteiro e raramente vê o filho.

Terminamos nossa primeira refeição do dia e seguimos adiante.

Descemos a barranqueira. No sopé da serrania, à esquerda, seguimos por um desfiladeiro e, distante, encontramos a trilha que parecia ter sido, em algum tempo do passado, uma estrada asfaltada. Percorremos aquele caminho sinistro com ruínas e fantasmas aparecendo em qualquer lugar que os olhos fitassem. Entes sombrosos e rumorejantes nasciam da areia rochosa, flutuavam ao vento e subiam até desaparecerem no meio das nuvens. De longe em longe despontavam vultos de seres animados, à distância, impossíveis de ser identificados, que fugiam apressados ao perceberem nossa presença.

A estrada terminou nas ruínas do que fora uma grande cidade. As ruas eram entulhos do que sobrara dos edifícios e os prédios, esqueletos de ferro e concreto curvados na horrorosa eversão que nem sequer poupou o templo sagrado onde ainda podia ser avistado o olho dentro do triângulo sustentado por fino arame que o fazia balançar e chocar-se contra esboços do juízo final.

Saindo dos escombros da catedral vimos um homem seminu puxando pedaço de corrente na perna esquerda que, ao nos ver, saiu em desmedida carreira.

Mais adiante apareceu uma mulher, parada, de pé ao lado de corpo estendido no chão.

Aproximamo-nos.

Era uma velha e o cadáver, decrépito.

– Que aconteceu? – Perguntou Cármen.

Não respondeu. Ficou imóvel, com os olhos perdidos no nada. Petrificada.

Seguimos. Depois de alguns passos, voltei-me a tempo de ver, como um tronco seco de árvore cortado rente ao solo, a velha cair, num baque surdo, sobre o outro corpo. Sem nenhum gemido e sob a indiferença do caos invencível.

Olhei para Maria Luíza e combinei ideias no espírito de que presenciara o desfecho de uma história de amor verdadeiro, depois, olhando em derredor, fui assaltado pela dúvida sobre a existência de qualquer coisa que não fosse acaso e incerteza.

Avistamos uma matilha esquelética caminhando lentamente, seguindo três mulheres estioladas, pacientemente, esperando o alimento antes dos urubus, que voavam ao longe, efetuarem sua tétrica faxina.

Apareceram pessoas andrajosas vagueando em círculo e crianças caminhando enfileiradas, com semblantes tristes, como se já houvessem vivido o suficiente.

Ouvimos, distante, gritos e pedidos de socorro. Fomos naquele rumo. Avistamos, pelo telescópio, um grupo de quinze ou vinte criaturas das trevas espancando três crianças presas por correntes uma nas outras e todas penduradas numa viga de ferro.

Os quatros que me conduziam conversaram entre si sobre a prioridade da missão contra a emergência da humanidade e, rapidamente, decidiram que Maria Luíza ficaria cuidando de mim, e partiram em direção aos gritos.

Estávamos assentados à sombra da ruinaria quando de nós se aproximou uma mulher que, dirigindo-se a mim, perguntou:

– Tem dinheiro?

– Meu dinheiro não vale no seu mundo.

Ela, entendendo a minha resposta por negativa, fez careta, e completou:

– Alguma coisa de valor?

– Por que quer saber?

A mulher, levantando o vestido roto, disse:

– Estou vendendo...

Maria Luíza não deixou que a mulher terminasse a frase, ficou brava e disse-lhe palavras de excessiva sinceridade, palavras duras das quais algumas me deixaram em desconforto, como quando disse que eu era apenas um menino; mas a mulher não se deixou abater e, calmamente, sentou-se ao nosso lado e, entre Maria Luíza e mim, desandou a discursar:

– Suas palavras levam-me a deduzir, pobre criança, que é de outro planeta ou estúpida de nascença. O fim do mundo aconteceu há treze anos e nada mais tem sentido desde que o rei Rafael foi morto e passamos a viver sob o império do mal. Virtude, compaixão e a lei moral são invenções da Ordem da Cruz com o propósito de aplacar a força do diabo que está dentro de cada um de nós. A essência do ser humano subverte as Leis Fundamentais do nosso finado rei a cada momento de dificuldade extrema e sempre que temos de optar entre a vida e a dignidade, a desonra é a escolhida. Eu estive entre os grandes do templo, caminhei ao lado de Cristo e bebi do cálice sagrado, até que o demônio, em pessoa, veio resgatar uma promissória de sangue que nunca havia assinado, mas que se tornara dívida inscrita contra mim pelo simples fato de nascer filha de homem.

E a mulher deu seguimento àquela peça oratória de forma compassada e segura, revelando-se sabedora de segredos do Purgatório. Enquanto ela falava, ouvimos estampidos e explosões e o barulho da metralhadora giratória de Cármen. Muito do que a mulher disse não compreendi ou não me recordo, mas sei que terminou afirmando que o mistério da vida, o único mistério, é não haver mistério algum a não ser a comprovação de que deus e diabo são a mesma coisa

Maria Luíza colocou o braço esquerdo sobre o ombro da mulher e disse-lhe ao ouvido:

– Você está enganada em parte do que disse. O rei Rafael está vivo e, neste exato momento, luta por nós contra Trev nos desertos do leste ou nas planícies do norte.

A face da mulher apresentou uma leve coloração rosa e ela retribuiu o abraço, perguntando:

– Você é um anjo? Pode fazer o diamante azul brilhar? Caso contrário, nem o grande rei pode nos livrar de Trev.

– Não sou anjo, mas ele fará o diamante azul resplandecer. – Disse Maria Luíza apontando para mim.

– Ele é apenas um menino. – Disse a mulher repetindo as palavras de Maria Luíza e, em seguida, perguntou a mim se eu seria capaz de fazer aquilo e eu respondi que não sabia, mas que acreditava em Maria Luíza e no rei.

– A partir de hoje, passe a observar o céu porque, a qualquer momento, o diamante azul vai iluminá-lo. – Disse Maria Luíza.

– Estou há tanto tempo olhando para o chão... (sussurrou).

Seguiu-se longa intermitência silenciosa que foi quebrada pela chegada dos nossos três companheiros com as crianças. Cármen trazia no colo a menina que não devia ter mais que cinco anos de idade. Ela pôs a criança nos braços de Maria Luíza e era tão frágil, tão sem vida, tão triste, tão indefesa, que Maria Luíza chorou e depois ficou embalando-a e caminhando e cantou para ela antigas cantigas de ninar da nossa terra e continuou cantando, inutilmente, tentando acalentar aquele pequenino ser, tão violentado pelo mal, que já não conseguia distinguir um colo amigo da depravação humana.

Ao ver Maria Luíza ninando a garotinha e aconchegando-a ao peito, alguma coisa fez estremecer-me a alma.

A mulher que vendia o corpo permaneceu o tempo todo sentada e observando com interesse o renascimento da humanidade nos pequenos gestos de carinho dos meus amigos com as crianças. Depois de algum tempo, Maria Luíza entregou-lhe a pequenina, dizendo:

– Mulher! Estes são os seus filhos. Cuide bem deles e permaneça a observar o céu.

Era o ensejo para a mulher soluçar.

Ivo deu à mulher todo o dinheiro que possuía e partimos.

Percorremos pequenos morros e procuramos caminhos pedregosos nas depressões do terreno coberto de poeira rochosa, o que tornava morosa a nossa jornada. E assim avançamos todo aquele dia e a noite não trouxe nenhum aborrecimento.

Passava da meia-noite quando paramos para pernoitar.

O tempo de sono era exíguo. Cármen, após acionar o sistema de alarme, envolveu-se no cobertor e pôs-se deitada num canto da caverna, no que foi acompanhada por Ivo e Pedro, que se abrigaram em outros pontos e, logo, dormiram os três.

Maria Luíza desligou o alarme; depois me pegou pela mão e conduziu-me para fora da caverna.

A umidade da noite fez descer a poeira e aparecerem no céu estrelas e planetas, mas também intensificou o frio.

Caminhamos até uma pedra à beira do despenhadeiro e, lado a lado, contemplamos o mundo lá embaixo. Assentados sobre a pedra gelada ela jogou o cobertor sobre os nossos ombros e abraçou-me buscando aquentar-se junto ao meu corpo.

– Não consigo dormir. – Disse ela.

Não disse nada, apenas apertei-a contra mim.

– Um mau pressentimento...

E mais uma vez eu não disse nada e estreitei-a mais um pouco com o braço esquerdo.

Abraçados estávamos quando um fluxo luminoso surgiu do interior do precipício. A luminosidade, fraca no início, tornou-se continuadamente intensa até que enorme farol iluminou tudo ao redor. Vaga-lumes; eram vaga-lumes. Milhares deles. Sobrevoaram nossas cabeças, depois se afastaram lentos e silenciosos até sumirem atrás das montanhas. Um deles pousou no cobertor sobre o colo de Maria Luíza. Maior que uma grande cigarra do nosso mundo e a luz que emitia não era amarelada como a emitida pelos órgãos fosforescentes dos nossos pirilampos, mas cristalina e resplandecente. Enorme, silencioso, lindo! O pirilampo lançou voo. Maria Luíza murmurou:

– Adeus.

E, sem mais palavras, ali permanecemos observando a estelífera abóbada celeste, precariamente, iluminar pedras e pó até onde a vista alcançava. Depois de algumas horas reclinei a cabeça ao seu ombro e adormeci.

Quando ela me acordou já um raio de sol apontava na apertada garganta entre alcantis e Cármen chamava os nossos nomes.

Partimos logo pela manhã. Era o terceiro dia naquele lugar e começava a conhecer os companheiros de missão.

Pedrão, o velho, procedia sempre com sabedoria e reflexão; Ivo tinha disposição para as coisas sagradas e falava a respeito de efeitos e fenômenos extraordinários contrários às leis naturais, no que encontrava, quase sempre, oposição de Cármen, que via as coisas como aparentavam ser e resolvia os nossos problemas reais com inteligência e raciocínio lógico. E havia Maria Luíza cuja companhia fazia-me bem, com quem tinha longas conversas durante as caminhadas e a cada hora que passava tornava-se mais minha amiga... bem... talvez um pouco mais que amiga.

A guerra era intensa no Leste e estendia-se para o Norte, onde a ajuda dos desventurados convertidos estava sendo decisiva. Ficamos sabendo naquela noite que Júlio e seu destacamento conquistaram importantes vitórias. O grande poderio de Trev marchou contra os aliados do rei deixando o Vale das Tempestades.

Ainda não era meio-dia quando Ivo, pressentindo grande perigo, tratou logo de encontrar esconderijo para mim, levando junto o equipamento de comunicação que Cármen carregava.

– Fique aqui e não saia até que um de nós venha buscá-lo. Caso ninguém apareça até o escurecer, ligue o comunicador e diga simplesmente: "a luz apagou"; alguém virá socorrê-lo.

– Dê-me uma pistola dessas e eu os ajudarei; tenho doze anos e experiência em guerras com videogame.

– Minhas ordens são outras. Não posso pôr você em risco. Você é a nossa última esperança. Não sei como conseguirá abrir a Fortaleza do Diamante, mas, o rei Rafael disse que você é capaz; tenho de acreditar nele. É um grande e honrado rei.

A batalha foi travada à beira de um precipício, os inimigos desta vez eram homens de Ausentino. Não carregavam armamento sofisticado, mas estavam em grande número: 25 ao todo.

Do local onde estava ouvia o barulho da batalha e ficava cada vez mais angustiado pela sensação de incapacidade. Pensava todo instante em Maria Luíza.

Resolvi ver o que estava acontecendo.

A estratégia idealizada por Pedrão e os equipamentos de guerra de Cármen deram considerável vantagem ao nosso grupo.

Vi quando Cármen rodava sua máquina de laser derrubando os horrendos soldados de Ausentino, mas, desgraça, vi também a rocha onde estava Maria Luíza explodir e lançá-la às profundezas sem fim. A última imagem que retive foi ela voando com as pedras e segurando o seu medalhão com ambas as mãos.

Gritei o seu nome e saí em disparada e quando estava próximo ao precipício, Ivo, manifestando-se de sobressalto, segurou-me com firmeza e levou-me de volta ao esconderijo.

Não ralhou comigo nem perguntou nada, disse apenas:

– Seja forte!

Voltou à batalha.

VII. A LÁGRIMA CONTIDA E A DOR SENTIDA

> "Bem-aventurados os que estão tristes – porque eles serão consolados."
>
> Jesus Cristo – "O Sermão da Montanha"

Entre pedras frias, escondido das criaturas de Ausentino, pisando o solo arenoso daquele lugar sem vida, não pude deixar de notar certa relação harmoniosa entre a desolação exterior e a consternação que me tomou conta do coração.

Dor, dor e dor. Era dor o que eu sentia. A dor física no peito quase me sufocando e a impossibilidade de controlar a respiração ofegante. A dor da alma retratada na tristeza profunda, reveladora da insensatez da vida. E essa minha inútil teimosia em seguir para o nada. Então olhei para trás e flagrei-me no deserto escaldante, moribundo e sedento e, depois de arrastar-me por quilômetros e quilômetros, a água fresca estava ao alcance da mão, quando vem não sei quem e não sei com que autoridade, sem compaixão, verte a água no pó flagrante. Em seguida mirei o futuro e eu continuava vivo, ainda a me arrojar pela areia escaldante buscando por uma miragem, um efeito ótico qualquer, que pudesse devolver-me a imagem dela.

E naquele instante o medalhão que carregava no peito começou a vibrar e dele brilhou luz da cor da púrpura. Brilhou e brilhou até iluminar todo o buraco da caverna onde Ivo havia me escondido. Depois a luz parou de brilhar e o medalhão, pintado pela metade, tornou-se vermelho escuro numa de suas partes. Vermelho escuro como o sangue que os homens nunca se fartam de derramar.

– Desgraçado! Maldito rei deste perverso lugar. Eu nunca procurei isto, seu idiota! Vá você com seu medalhão para os quintos!

Tirei o medalhão do pescoço e arremessei-o contra a parede de pedra que me cercava.

Depois me encolhi, igual feto no útero, e fiquei lá pasmado, trêmulo e morrendo de medo da crueldade do tempo, que apaga da memória imagens sagradas.

Já escrevi aqui, citando filósofos, que quanto mais vazio o homem é internamente, tanto mais necessita de alegrias externas, geralmente ruidosas e violentas, por não tolerar a solidão que lhe traz à consciência sua inanidade. O que não escrevi, mas a experiência ensinou-me, é que existe o homem, vazio e melancólico.

Sentia-me vazio, completamente oco, o estômago doía e não me apresentava vontade para nada. Era um desesperado e tinha consciência de o ser. E a consciência dava a sua medida. Medida cruel; superior ao que eu podia suportar. O desespero consciente reclamava lágrimas, mas eu não as possuía. Estava seco. Oco e seco. Oco. Seco.

VIII. CAPÍTULO 4

"Apesar do avanço em direção a novas medidas e objetivos, o homem equivoca-se sobre a legitimidade essencial da sua medida."

Martin Heidegger, "Sobre a Essência da Verdade".

Chegou Cármen que, com seus braços fortes, tirou-me do chão e colocou-me no colo. Abraçou-me com força. E soluçou.

Depois vieram os outros dois e dirigiram-me palavras de consolo. Estava tão transtornado que, inicialmente, não entendi o que disseram. Eles perceberam; cessaram de falar.

Ficamos breve tempo em silêncio. Eu no colo de Cármen.

Pedrão, que agora carregava duas mochilas, disse que precisávamos sair daquele lugar.

Cármen, comigo no colo, foi saindo como se eu fosse o filho que nunca teve.

– Ponha-me no chão. – Disse a ela.

Ela esboçou um riso contrafeito, como se fosse flagrada num ato falho. Obedeceu.

Ivo viu o medalhão sobre uma pedra, pegou-o e saiu com ele na mão.

Não seguimos em frente; Pedrão achou que poderia despistar os homens de Ausentino se voltássemos sobre nossas pegadas. Caminhamos por aproximadamente meia hora e Ivo solicitou que parássemos; então nos recolhemos em outra caverna, coisa que naquele lugar existia em demasia.

Sentamos sobre as pedras poeirentas. Eu, arredio, apartado dos outros. Murmuraram algumas frases que, incompletas, chegaram aos meus ouvidos. Ouvi, mesmo assim, a palavra Trinacria mais de uma vez. A tristeza era maior que a curiosidade, não perguntei nada.

Cármen preparou o lanche e Ivo, que tomara assento ao meu lado, olhando para mim, disse:

– Às vezes penso que Jesus não veio ao Purgatório porque este lugar talvez seja apenas um complemento do seu mundo. O lugar aonde aqueles que ouviram, mas não acreditaram, vêm.

Aqui só soubemos Dele por intermédio de pessoas que visitaram o seu mundo atravessando portais que Deus deixou por possibilidade de redenção. E possibilidade é tudo o que temos na vida. A própria vida é possibilidade.

Quando Jesus andou entre os seus, mais exatamente quando chegou à casa de Lázaro, disse que não era para morte aquela enfermidade, mas Lázaro estava morto. Morto da maneira que nós conhecemos a morte. Cristo poderia estar dizendo que aquilo que chamamos de morte não é uma doença mortal ou, simplesmente, dando-nos a possibilidade da escolha entre viver e morrer. A possibilidade do livre arbítrio na morte: um privilégio humano.

Assim, quando Jesus disse a Lázaro: "– Levanta-te e anda!" – ofereceu-lhe a possibilidade de voltar a respirar.

Quando, antes da criaçao da Terra, Deus deu existência aos anjos imortais, alguns desses anjos rebelaram-se e fizeram guerra contra o Criador. Derrotados e sofrendo em lugar infernal rogaram-Lhe a morte. Mas não havia essa possibilidade e aos anjos caídos só restou escolher entre permanecer no inferno ou reconciliar-se verdadeiramente com Deus.

Às vezes acredito nisso e penso que talvez a morte ou a vida sejam possibilidades divinas ao dispor da nossa vontade.

E agora, Etienne Navarre, detenho aqui em minhas mãos a possibilidade que vai fazer você respirar novamente: o medalhão que você descartou. O medalhão que o rei lhe confiou e agora apresenta uma de suas metades com a coloração vermelha escura. Cor que para nós simboliza o amor. E o nosso rei é um rei magnífico e generoso. Jamais se escarneceria de você, Etienne! Você que ele acredita ser o nosso salvador.

Temos aqui uma possibilidade, Etienne, a possibilidade de Maria Luíza ter escolhido a vida.

Havia certa impaciência no semblante do velho e outra preocupação nos olhos de Cármen.

Ivo calou-se.

Estendeu, com a mão direita, o medalhão para mim; fiz, com a cabeça, que não; ele pendurou o medalhão no próprio pescoço.

Pedrão disse alguma coisa sobre fantasia e razão e a necessidade da dúvida para manter-se a lucidez e solicitou que nos apressássemos.

Cármen, com seu jeito prático de ser, pegou a segunda mochila que estava com Pedrão, mochila que fora de Maria Luíza, e colocou-a nas minhas costas, depois me ofereceu uma guaiaca com pistola de *laser*. Disse:

– Pegue! Vamos acabar com esses desgraçados!

Partimos.

Caminhamos fazendo percurso em forma de meia-lua, tendo por ponto central o local onde fomos atacados pelos homens de Ausentino e depois seguimos em frente sem encontrar nenhum inimigo.

À noite, paramos novamente para descansar e ouvimos notícias do comando da guerra, quando ficamos sabendo que a Dama da Noite e Ausentino haviam partido para frente de batalha no Leste, o que poderia facilitar nossa missão.

O rei enviou mensagem:

– Como está a luz?

Cármen respondeu:

– Ainda brilha.

Ninguém nos importunou naquela noite.

Na manhã seguinte partimos cedo e quando atravessamos pequeno vale arenoso, veio uma pomba e pousou sobre a minha mochila. Tentei em vão espantá-la. Ela alçava curtos voos e retornava a assentar na mochila ou sobre o meu ombro. Estendi a mão e ela veio e comeu as migalhas que lhe ofereci.

Logo após aquele inusitado encontro, início de nova amizade, os homens de Ausentino caíram sobre nós, encadeando-se feroz batalha.

Temendo que algo atingisse a pomba, coloquei-a na mochila e escondi numa fresta de pedra.

Participei ativamente da batalha com a proteção de Ivo que não se distanciava de mim e graças a isso, por três vezes, salvou-me a vida.

Aquele dia e os dois seguintes foram de muitas dificuldades e lutas. Pouco foi o tempo que conseguimos descansar. Pedrão disse que era porque estávamos nos aproximando da Fortaleza do Diamante.

Durante o dia lutávamos contra os homens de Ausentino ou de Cabeça-de-cuia e, à noite, contra as criaturas da Dama da Noite; embora nenhuma diferença, para mim, houvesse entre eles.

Já não pus a pomba na mochila durante as batalhas, por serem tantas as lutas e por receio de que morrêssemos todos e, sem ninguém para tirá-la de lá, ela perecesse inanida; mas ela aprendeu a esconder-se sozinha e sempre voltava para mim após as pelejas.

Aconteceu na tarde do terceiro dia, o sexto desde que chegamos àquele mundo, de, finalmente, avistarmos a Fortaleza do Diamante, que, à distância, parecia uma enorme pirâmide de concreto.

Enquanto a contemplávamos cercou-nos um grupo de homens liderados pelo próprio Cabeça-de-cuia. Travou-se naquele lugar a pior batalha que tivemos até então. À medida que a luta ia se desenvolvendo, Cabeça-de-cuia foi percebendo o excessivo cuidado comigo por parte dos nossos três guerreiros, então ele passou a gritar para os seus homens:

– Acertem o garoto! Matem o garoto!

Aquelas criaturas horrendas e ensandecidas pulavam sobre mim às dezenas e Cármen com seu canhão giratório rechaçava-os, mas outro tanto caia sobre ela e Pedrão a defendia, e, nesses momentos, eu ficava por conta da proteção de Ivo e por minha própria conta. E foi num desses momentos em que muitos atacaram Cármen que Cabeça-de-cuia, surgindo de entre as rochas em todo o seu horror, lançou raio mortal contra mim que me teria ceifado a vida, não fosse Ivo ter-se atirado sobre o meu corpo, recebendo ele a carga funesta. Inertes, o corpo dele parcialmente sobre o meu, passando a falsa impressão de que estivéssemos ambos mortos. Ficamos estendidos no solo. Isto fez com que Cabeça-de-cuia se aproximasse com a atenção voltada para Cármen e Pedrão. Ele ficou bem perto de mim e atirava em outra direção, então segurei a pistola com as duas mãos, mirei e atirei.

Ele tombou urrando. Urro medonho e ensurdecedor que fez o solo tremer.

As criaturas, ao verem e ouvirem o fim do seu líder, abandonaram o campo de batalha e sumiram, pulando sobre as pedras.

Cavamos o solo e enterramos o meu anjo protetor. Cármen cortou com laser a pedra grande e fez uma cruz que colocou sobre a sepultura.

Pedrão disse algumas palavras e depois, emocionados, despedimo-nos do amigo.

Cármen, que lhe havia retirado o medalhão, repetiu o gesto de Ivo estendendo-o para mim.

Peguei o medalhão e coloquei-o no pescoço. – Haveria mesmo a possibilidade de, ao morrer, escolher a vida? – Perguntei de mim para mim.

A pomba retornou. Estava triste como todos nós.

Seguimos em frente.

Pernoitamos bem próximo à Fortaleza. Noite sem guerra, mas de grande luta interior para nós três. Muita tristeza, pouco sono e nenhuma palavra.

Na manhã do sétimo dia chegamos à Fortaleza.

Não havia soldados nem criaturas guardando-a; sua segurança estava nela mesma: um intrincado sistema eletrônico, extremamente sensível e pronto a disparar raios mortais, mantinha afastado todo ser vivo que tivesse mínimo juízo.

Pedrão, a pomba e eu ficamos em local seguro, um tanto longe, enquanto Cármen trabalhava desarmando as armadilhas montadas com circuitos elétricos. A fonte do escudo antiaéreo também estava ali e desativá-lo fazia parte da sua tarefa.

Esperamos aproximadamente quatro horas até que ela nos chamou.

– Isto é a Fortaleza do Diamante? – Perguntei.

– O que está vendo é apenas proteção de concreto; a Fortaleza está dentro desta casca. – Respondeu-me Cármen que apalpava o concreto procurando o lugar certo para abrir.

Caminhamos em volta da pirâmide e ela trocava palavras com Pedrão sobre a posição do sol, da lua, de alguma estrela etc.

Finalmente paramos e Cármen, pedindo que nos afastássemos, cortou a parede de concreto com o canhão de laser.

Cármen tirou da sacola máscaras de gás com minúsculos tubos de oxigênio concentrado, semelhantes àquelas que usamos no poço sem fundo, no rio Aquidauana. Com máscara e lanternas entramos na pirâmide. A pomba ficou do lado de fora.

A Fortaleza do Diamante era um grande ovo azul resplandecente.

– Diamante azul! – Murmurei admirado.

– Sim. Mil vezes mais resistente que o diamante do seu mundo. – Disse Cármen.

Pedrão abriu a porta oval e mostrou-me a "fechadura": um ataúde vertical que continha um botão vermelho no seu interior.

– Agora é com você, Etienne Navarre! – Disse Pedrão.

Ambos afastaram-se.

Entrei no esquife e fechei a porta.

Apertei o botão vermelho.

Uma luz cor-de-rosa foi, lentamente e a começar nos pés, cobrindo-me o corpo e quando todo ele estava revestido daquela luz, outra luz envolveu a Fortaleza do Diamante que se abriu em pétalas de diamante azul.

A Fortaleza estava aberta e dentro dela, o dispositivo que poderia tornar possível a vitória do rei na guerra contra Trev.

Cármen, demonstrando familiaridade com aquele mecanismo, preparou-o para ser acionado.

Estava tudo pronto, mas antes de dispará-lo, Cármen ligou o aparelho comunicador e falou com o rei:

– A luz abriu a estrela. Podemos ver o seu fulgor?

– Sim. Graças a Deus! – Respondeu ele.

Colocamos os óculos de proteção especial e Pedrão abriu a pequena portinhola que guardava a alavanca acionadora.

– Conceda-nos esta honra, Etienne. – Disse o velho.

Puxei a alavanca.

A luz esplendorosa rompeu a parte superior da pirâmide atirando-a ao longe, depois subiu ao céu e espalhou-se pelos quatros cantos do mundo.

– Estamos livres de todas as magias e das terríveis forças sobrenaturais do mal. – Disse Pedrão.

Voltei o pensamento, por instantes, para a mulher que vendia o corpo e seus filhos adotivos. Restara-lhe um pingo de fé? Conseguira solevar a cabeça?

Ficamos extasiados apreciando o indescritível espetáculo luminoso que cobria o mundo.

Soou a campainha do comunicador. Era o rei Rafael em sua forma humana.

– Quero falar com Etienne.

– Sim.

– Seremos eternamente gratos a você e ao seu pai. Foi uma honra conhecê-lo, Etienne. Júlio vai recolhê-los.

Agora você volta para casa, mas será sempre bem vindo ao nosso mundo. Graças a você, as forças em luta estão equilibradas. Agora a vitória é coisa possível e provável.

– Obrigado, senhor.

– E o medalhão? Brilhou alguma vez?

– Uma vez.

– Que cor?

– Púrpura.

– Parabéns, Etienne, por encontrar o verdadeiro amor.

– Não encontrei. Perdi. Ela está morta, senhor!

– Confie no medalhão. Confie no medalhão, Etienne.

O rei mostrou-se grato por tudo que havíamos feito e, com voz embargada, falou da sua admiração por Ivo e Maria Luíza. Depois desligou o aparelho comunicador.

Atravessamos a abertura que Cármen fizera no concreto e buscamos abrigo natural para proteger-nos do sol e esperar Júlio.

Não avistei a pomba.

Olhei para o medalhão e a metade permanecia vermelha.

– Por que não se desfez esta magia?

– Porque isso não é magia, é ciência. – Respondeu Cármen, que complementou:

– Há um dispositivo no medalhão que capta vibrações sensoriais emitidas por seu corpo e por sua aura, fazendo disparar a luz e colorir o medalhão na forma programada e no momento exato.

– Aura?

– Halo luminoso que envolve o nosso corpo e que os iniciados na espiritualidade veem.

– Acredita nisso?

– Ivo acreditava e percebia pela visão; alguns cientistas acreditaram e, por isso, foram capazes de fazer o medalhão para o rei.

Enquanto conversávamos, as pétalas da Fortaleza do Diamante fecharam-se. Embora parcialmente escondida pelas paredes de concreto, era possível avistar a ponta do lindo ovo azul cintilante.

Permanecemos sentados, conversando amenidades; de repente, ouvimos:

– Cármen, por favor, venha até aqui e traga minha mochila! – Era a voz de Maria Luíza.

Pus-me em pé num pulo, mas Cármen segurou-me a mão. Ficamos, por instantes, parados, surpresos e pensativos. Cármen disse:

– Fique aqui bem quietinho! Ela, provavelmente, não está em condições de ser vista por você.

Tirou da mochila roupa e tênis e foi ao encontro dela.

IX. AS PARAGENS DO CÉU

"É em vão que seja belo ou bom ou forte, rico ou generoso; deve ter também a força espontânea que esparze beleza sobre a rosa...

Vossa beleza, se não tem o fogo que me faz louco de doce desejo, de que me serve ela?

Considero de pouca monta se o seu diamante é de primeira água, róseo ou branco; o que me importa é saber se a vossa luz chega até onde estou.

Pouco me importa saber como está vestido, com trajes grosseiros ou finos; nem se o vosso nome é vil ou nobre; nem como é que se comporta; mas se me encanta, faça com que o pão me alimente e o fogo me aqueça, tornando propícia a Natureza."

Emerson, "Poemas"

Quando desconhecia a origem do meu nome supus que minha mãe poderia tê-lo escolhido por influência do filósofo Francis Bacon e, por isso, li muitas coisas que ele escreveu. Ele me cativou, mas, sem fugir à regra dos filósofos, escreveu conselho insano, impróprio para um sujeito de cabeça pequena. Com outras palavras e no seu jeito elegante de escrever, disse que o amor é praga que só dano traz a quem, na estultícia, entrega-se a ele; coisa que o homem inteligente deve evitar. À época entendi perfeitamente o que ele disse e discordei quando interpretaram sua opinião sobre o amor como restrita ao amor carnal.

Isso, porém, aconteceu antes daquele dia, num tempo em que eu só conhecia o desamor e sabia o que é e o que faz.

É raiva contida; é injustiça experimentada; faz mulher bonita morrer lentamente na noite paulistana; faz crescer o rancor na alma abandonada; faz a guerra e a indiferença. Não tem nome, é qualquer um.

Naquele dia, no entanto, em que todos os feitiços foram quebrados e Maria Luíza voltou a ser humana, especialmente naquele dia, eu tive a certeza de que o finado xará não sabia nada sobre amor.

E ainda naquele mesmo dia abençoado, num triste mundo em que eu era amigo do rei, pensei que talvez fosse boa ideia convencê-lo a decretar a quarta lei fundamental:

nos seus domínios só os amantes e os poetas escreveriam a respeito do amor.

Assim, desprovido de engenho e arte, mas legitimamente amparado, eu escreveria que o amor é único, infinito e eterno; forma a unidade resultante da fusão de dois corpos com duas almas; é volúpia e êxtase sem maçã; é alegria sem farmácia; exige coragem, renúncia e fidelidade; habita almas acima da dúvida e corações que não se dobram; tem nome.

X. CAPÍTULO 5

"Serena, s. f. batedeira de movimento muito sereno que serve para fazer manteiga."

Caldas Aulete – "Dicionário Contemporâneo da Língua Portuguesa"

Ouvimos Maria Luíza contar sua experiência após ingerir o líquido do frasco guardado no seu medalhão.

Contou-nos que ao recuperar o sentido e ter um mínimo de consciência sobre o acontecido, buscou-nos, voando inutilmente, território à frente do local da batalha.

Falou também da sua aflição, por pensar que todos nós estivéssemos mortos, e da imensa alegria ao reencontrar-nos vivos.

Depois, fez-se silêncio e ela disse:

– Trinacria!

Taciturnos e súplices, os dois outros responderam:

– Trinacria!

Novamente aquela palavra enigmática, reveladora de algo, até então, desconhecido e tentativo para mim. Encontrava-me, naquele momento, inebriado em júbilo de tal maneira que pus em segundo plano a curiosidade.

Dirigiu-me palavras carinhosas, agradecendo por dela cuidar quando era pomba.

Meu coração nadava em júbilo; todos nós vivíamos raro e intenso momento de contentamento, quando uma nave surgiu ao longe.

Inicialmente pensamos que fosse Júlio; logo, porém, Cármen preveniu-nos:

– Peguem suas armas e tomem posição, não é uma das nossas.

A nave guerreira pousou e do seu interior desceu um homem que trazia na mão esquerda a bandeira branca, na mão direita uma espada e, na cintura, outra espada embainhada. Caminhou em direção à Fortaleza.

– É aquele infame. – Disse Cármen.

Pedrão gritou chamando-lhe a atenção e ele veio em nossa direção.

Pedrão disse à Cármen que não se podia confiar nele e pediu a ela que ficasse atenta; depois foi ao encontro do homem.

Nós ficamos escondidos.

– Que faz aqui neste mundo, Gabriel?

– Olá velho mestre! Esqueceu que 2002 é múltiplo de sete?

– Não esqueci, mas o seu verdadeiro mestre não o havia proibido de retornar?

– Vim evitar que abrissem a Fortaleza, mas vejo que cheguei tarde.

Enquanto os dois conversavam, Cármen, de sorrate, colocou explosivo sob a nave inimiga e Maria Luíza explicou-me que aquele homem não era outro senão o gato Gabriel que nos assombrara na ponte sobre o rio Paraná e que, no passado, fora um esperançado, aluno de Pedrão. Depois Gabriel, egoísta e sedento de poder, bandeou-se para o lado dos desventurados tornando-se íntimo de Trev, até o dia em que sua desmedida ambição aborreceu Trev e, então foi parar, por castigo, no nosso mundo, com algum poder, mas na forma de gato.

Dediquei atenção, de novo, à conversa do velho com o, antes gato, Gabriel.

– Temos velhas contas pendentes, mestre. Chegou o momento da quitação.

– Não é a mim que você deve, mas à humanidade.

– Continua o mesmo velho virtuoso, pobre e ingênuo.

– Não é visível o enorme poder que, em alarde, disse ter adquirido após trair os amigos.

– Por sua culpa, por abrir a Fortaleza, estou, temporariamente, destituído dos poderes mágicos, mas tenho a minha velha e querida espada.

– Não é temporário.

Gabriel deu uma gargalhada.

– Acredita mesmo que o seu rei rato conseguirá derrotar Trev?

– Vocês ficaram tanto tempo sob a bota do mal que, sem os poderes das trevas, são quase nada.

– Isso é o que vamos ver agora. Tenho uma proposta!

– Faça!

Gabriel soltou a bandeira branca e jogou para Pedrão a espada que trazia na mão direita. O velho pegou-a no ar.

– Lute comigo!

– Que está em jogo? Por que vou lutar contra você com arma com que não tenho grande habilidade. Lutemos com os punhos ou com outra arma.

– Não se deprecie! Será luta justa.

– Todos sabem: é péssimo caráter, mas exímio espadachim e, além disso, por que lutar se posso liquidá-lo com a pistola?

– Porque você é filósofo e tem agora um problema moral: se lutar comigo salva os seus amigos, seja qual for o resultado da luta. Veja! Sou a sua cicuta, mestre!

– Não posso confiar na palavra de um traidor.

Gabriel fez sinal com a mão e os seus homens desceram da nave e foram até ele. Disse:

– Haverá aqui um duelo de honra. Qualquer que seja o resultado da disputa, vocês partirão sem lutar com os inimigos que estão escondidos. Qualquer que seja o resultado. Fui claro?

– Sim senhor! – Respondeu a tropa que fez um círculo ao redor de Gabriel e Pedrão.

– Desafio aceito. – Disse o velho, após breve instante de hesitação.

Retirou a pistola da cintura e jogou-a em nossa direção.

Cármen pediu-nos que permanecêssemos ocultos e foi até o lugar onde a pistola havia caído, pegou-a e voltou.

O combate teve início.

O furor da luta chegou até nós pelo som do bater do aço e pela poeira que subiu com a dança mortal dos opositores, encobertos pelos homens de Gabriel.

A peleja diuturna chegou ao fim.

Vi Gabriel caminhando em direção à nave, colocando a espada ensanguentada na bainha e sendo seguido por seus homens. Pedrão jazia no chão. Meu impulso foi o de correr até ele, mas Maria Luíza conteve-me.

Cármen com o controle remoto na mão disse:

– Fiquem preparados para a luta, não confio naquele crápula.

Próximo à nave, Gabriel parou e gritou para o seu pessoal:

– Ordem anterior revogada! Os operadores venham comigo os demais façam fogo contra a ralé. Matem todo mundo!

Quatro homens acompanharam-no. Os demais marcharam em nossa direção.

Os cinco homens entraram na nave.

Cármen apertou o detonador.

A explosão colossal arremessou estilhaços e pedaços incandescentes da nave sobre os soldados de Gabriel, que sofreram grande baixa; mesmo assim os sobreviventes ainda eram muitos contra nós três.

Contávamos com a proteção natural rochosa na retaguarda e tínhamos o abrigo das pedras; eles estavam em campo aberto e isso nos garantiu considerável vantagem inicial, mas logo eles se protegeram e a superioridade pesou a favor do inimigo.

Estávamos sob bombardeio intenso e sem forças para continuar resistindo, quando a nave de Júlio chegou abrindo fogo e fazendo com que os homens de Gabriel fugissem apavorados.

Maria Luíza e eu corremos a acudir Pedrão. Ele ainda respirava. Cármen apareceu com uma pequena maleta e aplicou-lhe os primeiros socorros.

Mal a nave desceu ao solo, o velho foi colocado no seu interior. Maria Luíza ficou segurando sua mão direita, eu do outro lado e Cármen cuidando de estancar a hemorragia.

Cármen sugeriu que fôssemos até o local onde estava o avião morcego e lá nos separássemos: ela levaria Pedrão à Terra das Montanhas, onde estavam os melhores hospitais, e Júlio seguiria com a nave de guerra. Todos concordaram.

Pedrão abriu os olhos, olhou para mim, depois para Maria Luíza e disse:

– Que bom que estão bem. Formam bela dupla!

Depois dirigindo-se a Maria Luíza, pediu:

– Moça bonita... Conte para mim a história do príncipe de coração puro que se deixou cativar por uma flor!

Ela, com os olhos marejando, disse:

– Tudo começou com uma pane em pequeno avião que sobrevoava o grande deserto do Saara conduzido por solitário piloto.

O avião caiu e o motor estava danificado. O conserto seria demorado e o piloto só possuía água para oito dias; sabia que estava a milhas e milhas de qualquer terra habitada. Desceu a primeira noite e ele adormeceu sobre a areia daquela erma imensidão. E na manhã seguinte, atônito, foi acordado por uma voz infantil que lhe pedia: – Por favor... Desenhe-me um carneiro!

Pedrão havia perdido os sentidos. Cármen disse:

– Entrou em coma; precisamos chegar logo ao hospital.

Maria Luíza permaneceu segurando-lhe a mão e contando ao amigo inconsciente, do jeito dela e com outras palavras, a história do Pequeno Príncipe escrita, no nosso mundo, por Antoine Saint-Exupéry e só desconhecida no Purgatório. E assim ela fez até o momento em que Cármen e mais dois outros homens, que vieram na nave de Júlio, partiram levando Pedrão no avião morcego.

Só após a partida de Cármen e Pedrão é que Maria Luíza e eu conversamos com Júlio que disse ter sentido saudade da irmã. Ele nos apresentou seus companheiros e, entre eles, Alexandre, o que antes havia sido o gavião guardião do rei. Após aquele breve momento descontraído, Júlio disse:

– Precisamos partir. Esta nave não está livre dos radares desventurados. Não podemos pousá-la próximo ao portal, pois o risco de Trev localizá-la seria grande. Sobrevoaremos as imediações e vocês saltarão de paraquedas.

– Já fez isso alguma vez, Etienne?

– Nunca.

– O guardião saltará com você. Ele e Maria Luíza o conduzirão até a cidade de Campo Grande. Antes de nos separarmos quero dizer-lhe que se um dia desejar entrar para a Ordem, será bem vindo. Outra coisa: o rei enviou-lhe este presente.

Júlio entregou-me pequeno pacote.

Abri.

Era uma pedra de diamante azul!

Partimos, saltamos de paraquedas, passamos pelo portal, tive os olhos vendados, entramos na picape e seguimos até o local onde se avistava o morro do chapéu. Maria Luíza tirou-me a venda dos olhos e seguimos adiante. Antes de alcançarmos a estrada asfaltada um menino fez sinal para o carro parar.

– Por favor... Preciso de ajuda!

– Que aconteceu, garoto? – Perguntou o guardião.

– Meu pai foi picado por jararaca, precisa de ajuda.

– Entre!

Saímos da estrada seguindo por outro caminho ainda mais esburacado que o anterior. O menino indicava a direção.

Chegamos a casa.

O guardião pegou, na picape, uma maleta. Abriu e viu que havia o soro. Descemos do carro.

A mãe do menino pediu que entrássemos; o pai estava na cama e ela cuidava dele.

O guardião, que além de ministro da magia era médico no outro mundo, tratou do enfermo.

Enquanto o guardião exercitava sua medicina, a mulher ofereceu-nos café. Passamos para a cozinha.

Na cozinha havia uma batedeira igual àquela relíquia do meu avô.

– A senhora possui essa maravilha! – Disse admirado.

– É... Aqui no mato a gente ainda usa esses trastes.

– Posso vê-la funcionando?

– Claro meu filho. O que você quiser.

Fui até Maria Luiza que havia se sentado e puxei a pela mão.

A mulher colocou leite e começou a movimentar a máquina; esta, diferente daquela do meu progenitor, era manobrada com as mãos.

Maria Luíza e eu ficamos ali, de mãos dadas, olhando o processo de transformação e desfrutando outro intangível produto que o equipamento produzia. Ela soltou minha mão e pôs-me o braço sobre o ombro puxando-me serenamente para ela. Olhou nos meus olhos por longo tempo e na mansidão daquele instante, bem devagar, foi aproximando o rosto, e os lábios, crescendo até cobrir completamente os meus.

O primeiro beijo dela, o meu primeiro beijo... e o momento que comprovei existir felicidade.

Sob o efeito de forças até então desconhecidas, renasci. Inquirindo a índole, disse de mim para mim: – Quer dizer que a existência é assim!

Quando o guardião terminou o seu trabalho médico, encontrou-nos diante da batedeira, de mãos dadas e com olhares perdidos no paraíso.

– Ele vai ficar bom. – Disse o guardião à mulher.

Tomamos café enquanto Alexandre observava com admiração as galinhas ciscando no quintal.

– Não existem galinhas no purgatório. – Segredou-me Maria Luíza.

Partimos.

Durante a viagem até Campo Grande, entre vários assuntos que conversamos, perguntei ao guardião por que motivo o medalhão havia iluminado apenas uma vez e o que simbolizavam as principais cores. Respondeu-me:

– É provável que você ainda não tenha terminado a missão, por isso a outra luz não aflorou. Quanto às cores... O branco representa a paz do homem com Deus; é a cor da religiosidade... O azul é a cor da maturidade, quando o homem conhece a si mesmo e adquire harmonia interior... O vermelho... E assim foi ele descrevendo o significado de cada cor.

A ambos perguntei o que significava a palavra Trinacria.

O guardião disse que era algo próximo do que significou, em latim, Illuminati, mas logo em seguida completou que não seria bom para a minha saúde falar sobre esse tema e mudou de assunto.

Maria Luíza prometeu que, caso sobrevivesse à guerra e um dia voltássemos a nos encontrar no Purgatório, mostraria para mim, pois aquilo era algo que se apresentava melhor vendo ou sentindo do que ouvindo.

Perguntei-lhe o que havia visto na batedeira de fazer manteiga e ela me respondeu que viu a minha vida, a vida dela e a vida de todas as pessoas que se deixam transformar em outras. Algumas para o bem. Muitas vão perdendo, serenamente, seus valores e crenças ao longo da vida e no fim não sobra nenhuma consistência. Metamorfose ambulante sem nenhuma opinião formada, como diz a velha canção ou, apenas sem caráter, como se pode afirmar com mais clareza.

Chegamos à estação rodoviária de Campo Grande. Despedi-me do guardião dizendo:

– Cuide bem dela. Proteja-a ainda melhor do que protegeu o rei quando ele era rato.

– Se a guerra ficar muito difícil para o nosso lado, venho buscá-lo para ajudar. – Respondeu ele em tom de brincadeira.

Dei um abraço bem apertado em Maria Luíza. Ela murmurou-me algo no ouvido e eu respondi:

– Eu também.

Embarquei e eles retornaram ao Purgatório.

Durante a viagem para São Paulo, pensei na batedeira e nas palavras de Maria Luíza e concluí que comigo aconteceu exatamente o que ocorre com o leite: transformei-me em manteiga.

Não é grande coisa, mas já adquiri débil consistência.

Cheguei ao apartamento em São Paulo e esperei minha mãe acordar.

Quando ela ia passando pela sala, levantei-me do sofá, fui ao seu encontro e dei-lhe um abraço e um beijo.

Entendi que não a odiava. Percebi que já gostava de algumas coisas. Ciência, filosofia e religião estavam em paz no meu coração. Havia-me reconciliado comigo.

E foi ali, naquele momento, entrelaçado com mamãe, que a luz do medalhão acendeu, iluminando a sala.

– Que é isso? Francis!

– É só um tipo de lanterna... Um contrabando qualquer.

A outra metade do medalhão adquiriu cor.

E a cor era azul.

Segunda Parte

VORAGEM

VOTE E

Quando a chaga está prestes a cicatrizar-me o âmago, ouço clamores de crianças violentadas e soluços de algumas poucas mães que ainda se importam; depois vejo o novo homem, sem capital, sem Deus e sem caráter, gotejando sangue dos pés à cabeça.

Inquiro-me: Por que me indignar se tudo é corrupto, vão e fútil? Que me anima? Em que ocasião, enfim, estarei livre desta obtusa realidade?

O bálsamo chega, em forma de mulher e amor intenso, capaz de ofuscar o juízo; então a ferida é pensada e eu caminho ao lado dela em direção aos vaga-lumes.

XI. SOBRE A SEGUNDA PARTE DA HISTÓRIA

Quando escrevi a primeira parte desta história, como revelei antes, tinha doze anos de idade. Agora, no início de 2009, estou completando dezenove. Muitas coisas mudaram em minha vida e modificou a maneira como compreendo a realidade.

Posso assegurar que meu coração, antes desesperançado, hoje persegue com ansiedade os fantasmas da esperança e o cérebro descrente já veleja em águas da confiança abstrata. Não busco e nunca busquei a realidade suprema, nem a causa primeira ou o fim último das coisas; continuo escrevendo apenas, e só por isso, para contar acontecimento extraordinário deste início de século XXI.

Não ficarei ofendido se você que lê este livro não acreditar na minha narrativa julgando-a impossível de ser real. Eu mesmo, às vezes, não creio e apavoro-me ao pensar que posso ter perdido a razão. Tenho, no entanto, consciência de agir bem-intencionadamente na prevenção da ameaça a que o nosso e o outro mundo estão expostos neste ano, múltiplo de sete e duas vezes divisível pelo número funesto. Época em que a passagem conhecida por Trev se abre ligando os dois mundos. O dever de avisá-lo, caro leitor, é o que me obriga a prosseguir.

Não é esta a principal razão, repito, mas a única por que me dispus a escrever tão molesto acontecimento.

Ao remar contra a natureza humana, sempre soberba, rebelde e belicosa, empenho-me em muni-lo, filho da desconfiança, do escudo da presciência. E, uma vez mais, agora de forma explícita, peço que lhe consulte a consciência, com a sinceridade que se impõe, sobre a pertinácia dessa incredulidade: descrença conforme a razão ou preguiçosa reação de pouco ou mau coração?

Seja como for, convenci-me de que, ainda que não creia a maioria, não posso privar o prudente e o responsável de informações tão importantes.

Aceitando por verdadeiras as minhas palavras, ou não, esteja certo de que nem tudo o que aparenta é, e, não raro, a melhor escolha que temos ou a única que nos resta na vida é ficar ao lado do rato para não permanecermos, para sempre, dentro da ratoeira.

À exceção da introdução, a parte que intitulei "Serena" foi escrita no período que compreendeu o dia do meu retorno para casa, quando o medalhão brilhou pela segunda vez, e os dias que precederam a primavera de 2002, quando Maria Luíza veio visitar-me; o que já é história, ou melhor, a segunda parte da história que passo a escrever agora, início do ano de 2009. Ano que se iniciou com os foguetórios e estrigídeos, à minha janela, cantando augúrios fatídicos. Ano em que o debilitado Trev ainda estará, provavelmente, ajuntando forças contra o bem e a virtude, mas o prenúncio de desgraça não será afastado enquanto existirem passagens para o Purgatório e a maldade dominar o coração humano.

O que escrevo a partir deste momento tem o propósito de relatar os acontecimentos ocorridos à minha volta entre setembro de 2002 e dezembro de 2008, deixando a promessa de, caso sobreviva aos desafios dos próximos anos, contar, futuramente, o que o destino reservará para aqueles próximos a mim que, até hoje, resistiram aos desígnios da morte.

XII. CAPÍTULO 6

A vida seguiu seu curso. A experiência no Purgatório deixara-me cicatrizes. Espessas marcas que não podiam ser captadas pela vista humana. Estigma no espírito sangrando pela ausência de Maria Luíza.

Minhas noites eram povoadas de sonhos com ela, alternados de pesadelos com Cabeça-de-cuia e outras criaturas que morreram por minhas mãos.

Em um desses sonhos aflitivos Cabeça-de-cuia disse-me que eu relutava divisar a verdade.

Foi um sonho medonho, desses que até o venerável Chico[1] (aquilo que chamam de sua parte mulher), às vezes, sonha e diz "que baba na fronha e se urina toda e quer sufocar... e já não tem paz".

Aquele ser horrendo apontou-me o espelho: uma, duas, três, muitas vezes.

Na manhã seguinte, após escovar os dentes e enquanto me penteava, mirei o espelho e a imagem refletida não era a minha. O rosto dele era o que aparecia em toda sua hediondez.

Gritei.

Um berro tão alto e agudo que fez minha mãe, que mal pegara no sono, acordar assustada.

Coloquei-a novamente para dormir e fiquei pensando em Maria Luíza. Sonhando acordado.

Buscava amparo na frágil esperança de reencontrá-la algum dia e na falsa crença de que matara alguns para salvar muitos daquele mundo medonho, afora as marias ribeirinhas do nosso Parnaíba.

Às vezes, em sonho, vinha-me Ivo, com sua religiosa serenidade, aplacar-me o tormento. Isso fazia assanhar os bichos-da-consciência, pois afinal de contas ele morreu

---

1 Francisco Buarque de Holanda – "Não sonho mais"

por mim e agora me protegia dos medos noturnos ao invés de descansar em paz.

Tornei-me indulgente para com as minhas fraquezas, passei a admitir e respeitar opiniões contrárias às minhas convicções e fiz-me benévolo com pessoas arrogantes ou de malíssima índole. Estava disposto a amar o próximo como a mim mesmo e propenso a oferecer a outra face, se uma das partes laterais do rosto fosse agredida.

E, enquanto eu me emolia, a saudade dela imolava-me. E, desse modo, os minutos, as horas, os dias e os meses foram passando até que, numa tarde abençoada, a lembrança nostálgica transformou-se em sentimento profundo e indizível de alegria mesclado com a angústia da separação que, eu sabia, viria em breve.

Assim, no ano de 2002, a primavera chegou antes de o sol encontrar-se com o equinócio de setembro. Maria Luíza veio visitar-me e trouxe com ela as flores e o brilho das cores. E a minha existência que só comportava outonos e invernos, pela segunda vez, permitiu-se breves dias primaverais.

Chegou-se a mim na sexta-feira, véspera do dia da Independência, e tocou-me suavemente o ombro dizendo:

– Vou sequestrá-lo novamente!

Deixamos a escola e percorremos as ruas que levam à estação do metrô. Entramos no trem e seguimos até a Vila

Madalena. Caminhamos a rua Harmonia, dobramos mais duas esquinas e chegamos ao meu apartamento.

Entre minha mãe e mim agora havia uma relação de responsável confiança, por isso, deixei-lhe bilhete dizendo que partira em companhia de Maria Luíza, para lugar que, naquele momento, eu não sabia dizer.

Fiz a mochila, saímos do apartamento e, na rua, pegamos um táxi indo com ele até a ponte da rodovia Anhanguera, onde Alexandre, o gavião guardião, nos aguardava numa picape.

– Estou feliz em revê-lo, Etienne. – Disse o guardião.

– Eu também. Momento ditoso este, por mim muito esperado.

– Expectativa e esperança para você e para Maria Luíza.

– Cuidou bem dela?

– Como me pediu: igual cuidaria de uma rainha.

Maria Luíza viera em missão de guerra e desviou-se da rota para rever-me e ficar aqueles dias em minha companhia. Seu destino era Brasília, especificamente uma de suas cidades satélites. Aquela que chamam de Planaltina e onde está o lugar conhecido como Vale do Amanhecer.

Partimos.

Quando passamos por Jundiaí, o sol já havia se posto e, após o crepúsculo vespertino, a noite apresentava-se maravilhosamente agradável. Havia estrelas visíveis a olho desarmado.

Paramos em Campinas para tomar o jantar e em Ribeirão Preto para pernoitar.

Antes de romper o dia, seguimos viagem. Atravessamos o rio Grande, Uberaba, Uberlândia, Araguari e avançamos pelo cerrado goiano, passando por Catalão, até chegarmos ao Distrito Federal.

Mil quilômetros de conversa.

Logo nos primeiros hectômetros, perguntei-lhes se não chegara o momento apropriado para conversarmos sobre o significado de Trinacria.

Alexandre interrompeu o tema dizendo:

– Não. Apenas a primeira parte da promessa condicionante foi cumprida. Ela sobreviveu à guerra, mas estamos agora no seu mundo.

Maria Luíza segurou-me a mão e lembrou-me que eu precisaria ver e sentir Trinacria.

Mudamos de assunto.

Maria Luíza e contou-me o que ocorreu no Purgatório após minha partida.

A narração tornou a viagem um pouco mais curta.

A guerra foi terrível. Banhou em sangue todo o Purgatório, do Vale das Tempestades à Terra das Montanhas. Dos mortos, de um lado e de outro, foram contados milhões. Cidades devastadas, povos destruídos, construções e animais transformados em pó. Não restou família que não chorasse por entes queridos naquela luta cruenta.

As forças fiéis à dinastia dos Zulos venciam a maioria das batalhas e Trev, sem o poder mágico das trevas, foi enfraquecendo a cada dia e, desesperado, espalhava o terror indistintamente entre esperançados e desventurados. Já não resistindo, Trev fugiu para o misterioso lugar de onde viera levando seus principais aliados, entre eles Ausentino e a Dama da Noite.

O rei Rafael, finalmente, foi reconduzido ao trono.

Alexandre, desolado, permaneceu o tempo todo calado e, por um momento, tive a impressão de que seus olhos verteram lágrimas. Maria Luíza disse que ele tomou parte da batalha, mas evitou, o tempo todo, mencionar os detalhes da sua participação. No único momento em que o consultou sobre um detalhe qualquer, respondeu com um verso de Virgílio:

– "Ó Rainha, tu mandas que eu renove indizível dor."[2] Maria Luíza, sob o olhar reprovador de Alexandre, narrou, detalhadamente, a grande batalha Pedaneum ou, como

---

2 "Infandum, Regina, jubes renovare dolorem." – Virgílio, Eneida, II, 3.

popularmente vem sendo denominada, “a batalha dos peões”, que recebeu tal designação pela forma como foi concluída. Principiada com requintados artefatos militares de extraordinária precisão eletrônica e alto poder de destruição, terminou com milhões de soldados, a pé, em luta de confronto físico, até que o último desventurado tombasse morto.

Participaram dessa terrível e derradeira peleja, além da narradora, Alexandre, Júlio, Cármen e o rei Rafael de corpo presente.

A última batalha aconteceu no Vale das Tempestades, onde Trev, acuado pelas forças leais ao rei Rafael, buscara reforços e arregimentara o maior exército já visto sobre a face do planeta.

O sol foi coberto por naves guerreiras de esperançados e desventurados, que caíram, com seus tripulantes, como macabra chuva sobre o estéril solo do vale formando montanhas de entulhos de alumínio e carne humana. Depois, a terra tremeu em ensurdecedor terremoto causado por centenas de milhares de tanques e veículos porta-foguetes que se incendiaram num funesto espetáculo de ferro derretido e gente incinerada como palha lançada ao interior do vulcão com lava incandescente a jorrar da cratera. E, por fim, restou a luta corpo-a-corpo de milhares e milhares de soldados sem suas máquinas de morte, sem nenhuma munição para suas armas portáteis, mas com a alma inflamada por algum belicoso deus ou simplesmente, o que parece mais provável, o homem na sua essência maligna, sedento de sangue e lágrimas, a ceifar seus semelhantes, sem compaixão, a custo da própria vida.

Naquele momento da guerra, Fred e seus principais comandantes fugiram do Purgatório.

Paus, pedras, barras de metais, facas, velhas espadas, lanças improvisadas e qualquer coisa que ferisse ou rompesse foram as últimas armas da derradeira batalha daquela guerra que o rei Rafael, na sua santa bondade, quer tornar a última guerra do Purgatório.

Maria Luíza disse ter visto guerreiros usando por armas ossos humanos e até um que se armara com queixada de jumento e, com ela, matou dezenas de inimigos, repetindo, em mínima escala e sem a proteção divina, o feito de antigo herói mitológico do nosso mundo.

Os cavaleiros da Ordem da Cruz que nunca abandonaram suas espadas foram causa de grandes baixas nas fileiras desventuradas.

Quando a luta terminou, o Vale das Tempestades estava coberto por carne, ossos, vísceras e poças de sangue e o vento soprava o fétido odor dos corpos em putrefação daqueles que morreram no início da batalha. Restos daquilo que antes, individualmente, pensava, sorria, brincava e amava.

O grande rei olhou aquela cena e ficou muito triste, pois tudo era medonho e cheio de terror. Ali o mal sobrepujou o homem, visto que não admitia ser o homem, por si só, capaz de tal violência, então, com a alma em hipóstase, achou que tudo aquilo fora obra do diabo, mas na verdade não era. E o grande rei viu que a vitória bélica sempre é vã e frustrante.

O fúnebre fogo ainda desmanchava as cabeças dos mortos desfazendo com estouros seus membros que crepitavam nas chamas, quando o grande e sábio rei promulgou a quarta lei fundamental. Lei que não tratava do amor, como sugeri em meu breve devaneio poético, mas da paz, firmando um juramento no qual os sobreviventes, dos dois lados, seriam tratados com honra e equidade na reconstrução do Purgatório. Assim, daquela guerra não se fizeram prisioneiros, nem vencedores. Desventurados e esperançados, indistintamente, iguais perante a Lei e a Justiça. Trev e seus comparsas também estariam amparados pela quarta lei, caso retornassem ao Purgatório.

O rei Rafael criou um programa de reconstrução e todos trabalhavam arduamente. Um desafio fantástico que os unia na esperança de dias melhores.

Júlio e Cármen estavam bem; Pedro, o velho, havia sobrevivido, convalesceu lentamente lendo e relendo o "Pequeno Príncipe" que Maria Luíza lhe presenteara tão logo ele saíra do coma; depois, partiu para conhecer o nosso mundo.

Quando passamos por Brasília, especificamente, por aquilo que se convencionou chamar de Plano Piloto, Maria Luíza queria que eu os aguardasse lá. Não concordei.

– Trouxe você até aqui e quero retornar em sua companhia, porque o meu coração não aguentava tanta saudade, mas não quero pôr sua vida em risco.

– Não me prive da sua presença, por favor! Não está a minha vida em risco quando a sua está ameaçada?

– Deixe-o vir! Afinal ele já faz parte da guerra. – Disse o guardião encerrando a conversa.

Chegamos ao Vale do Amanhecer e entramos no templo. Alexandre usava uma capa preta com enorme cruz vermelha na frente. Pessoas simples exercitavam sua fé em cerimônias rituais. Os olhos de Maria Luíza faiscavam no sombrio salão central, onde os babalorixás exerciam os seus ministérios. Ela olhava, detidamente, para cada um deles e, assim, caminhávamos em círculo.

– É este! – Disse ela ao guardião.

Alexandre pisou o solo sagrado e, aproximando-se do chefe espiritual, disse-lhe palavras ao ouvido, inaudíveis para mim. Depois segurou o braço do homem e foi conduzindo-o para fora.

Uma mulher, que também usava vestimenta preta com aquela estranha e enorme cruz vermelha na parte frontal, ficou-nos olhando assustada. O sacerdote fez-lhe um sinal; ela saiu apressada. Alexandre percebeu e gritou para Maria Luíza.

– Atire nela! Não a deixe fugir!

– Não estamos no Purgatório. Não existe guerra declarada aqui.

– Não importa. Atire nela!

– Nem sequer tenho armas. Ficaram na picape. E mesmo que tivesse não dispararia. Isso seria assassínio.

– Estamos em guerra e, pelo menos, esta batalha ocorrerá aqui no seu mundo.

Alexandre apressou o passo, sempre arrastando o homem pelo braço, e chegou até o nosso veículo. Pegou duas pistolas. Deu uma para Maria Luíza dizendo:

– Se ele tentar fugir mate-o sem dó.

Alexandre saiu correndo tentando achar a mulher de preto. Nós o esperamos no carro.

Avistamos um carro em alta velocidade levantando poeira nas ruas da pequena vila e, logo em seguida, o guardião chegou correndo; entramos na picape e fomos, em disparada, ao encalço do outro veículo.

Havia uma distância considerável entre o nosso carro e o veículo que a mulher dirigia. De repente ela reduziu a velocidade e, quando a estávamos quase alcançando, parou no posto policial.

Bem devagar, passamos por ela, que falava no telefone celular. Dirigiu-nos um sorriso irônico e desceu do carro. Nós prosseguimos.

– Tarde demais. Já avisou os amigos de Trev. – Resmungou o guardião.

Saímos da estrada asfaltada e seguimos em direção a um pequeno morro. Rodamos cerca de 10 quilômetros e paramos.

Descemos todos do carro.

– Onde está? – Perguntou Alexandre ao homem.

Ele permaneceu calado.

O guardião tirou-lhe a veste e passou a abrir e revirar bolsos e dobraduras. Depois lhe retirou os sapatos.

Quando desprendeu um dos saltos da sola do calçado encontrou um dispositivo de metal. Retirou-o e devolveu tudo o mais ao homem.

– Eles irão me matar. – Disse o homem desesperado.

Abandonamos o homem na estrada e fomos em direção às colinas.

Quando aproximávamos de um pequeno monte, uma granada explodiu a nossa frente e fez a picape saltar em chamas e, desgovernada, sair da estrada batendo as laterais nas árvores até parar de encontro a uma rocha.

Conseguimos sair do carro e correr, antes da explosão espetacular que se seguiu causada pelo vazamento do tanque de gasolina que se rompera ao colidir com as pedras do solo.

Corremos até o alto da colina.

Ficamos observando.

Homens armados, dez aproximadamente, chegaram ao local da explosão e passaram a nos rastejar.

Fugimos em direção a estrada asfaltada.

Estavam quase nos alcançando quando chegamos à rodovia. Eles recuaram. Sumiram no mato.

Na estrada, pegamos carona no sentido oposto àquele por que viemos e descemos no entroncamento para Sobradinho, outra cidade satélite de Brasília.

Estava escuro. Era noite alta. Procuramos um hotel.

No dia seguinte, após o café da manhã, alugamos um carro e fomos para o Plano Piloto. Maria Luíza serviu-nos de guia e conhecemos os principais pontos turísticos da Cidade.

Passamos um dia bem agradável. Éramos uma família. E mais de uma pessoa com quem conversamos referia-se a nós como pai e casal de filhos.

Ao entardecer retornamos a Sobradinho. O guardião estudou novamente o mapa da região e colocou na mochila armas, munições, lanterna, água e o dispositivo que retirara do salto do sapato do sacerdote.

– Vou só. Caso não volte até o raiar do sol, retornem imediatamente ao Purgatório e avisem ao rei que falhei, para que ele possa enviar outra missão. – Disse o guardião.

– Estamos juntos nessa luta e vamos com você. – Redarguimos.

– Sinto muito. Essa missão precisa ser a mais discreta possível. Temos de evitar o confronto a todo custo; eles são em maior número e estão bem armados. Agora que já sabem das nossas pretensões, estão atentos e prevenidos. Nós três não conseguiríamos passar despercebidos.

– Como vai abrir a caverna, pegar o totem maligno e fugir sem ser visto?

– Dou um jeito.

Não adiantaram nossos argumentos.

Acompanhamo-lo até o entroncamento.

Maria Luíza deu-lhe um abraço.

– Cuide-se papai! Não vai perder-se aqui no meu mundo. – Gracejou ela.

– Esqueceu que já voei por aqui? – Disse ele e sumiu na noite.

Maria Luíza explicou-me que o dispositivo retirado do sapato do babalorixá era a chave para abrir o cofre que estava no interior de uma caverna sob as colinas do Vale do Amanhecer. Dentro do cofre estava o "totem maligno", objeto profano criado por Dama da Noite para Trev e fonte do poder das trevas. O totem haveria de ser levado ao Purgatório e lançado ao "incinerador do inferno", máquina capaz de alcançar temperaturas altíssimas, superiores àquelas do centro do sol e impensáveis no nosso mundo.

Ficamos no *hall* do hotel conversando. Preocupados com o guardião, não tínhamos disposição para recolhermo-nos aos respectivos quartos. Ficamos conversando e esperando o tempo passar.

Ela falou sobre Alexandre. O guardião do rei rato. Aquele a quem o rei confiou sua própria vida e as esperanças de todos os seres vivos do Purgatório. Enquanto ela discorria sobre a vida de Alexandre eu observava-lhes os cintilantes.

E a narrativa sobre o guardião era uma boa, mas triste, história.

– Prometa para mim que não acontecerá nada parecido conosco. Prometa! – Disse ela, segurando-me a mão, com águas nos olhos, quando parou de contar.

Não respondi, pois minha alma resplandecia pela presença dela e, cativa, sucumbia àqueles olhos cintilantes.

Eis o que se passou:

Nos tempos felizes do reinado de Rafael Zulo havia paz no Purgatório e muita esperança para amantes e apaixonados. Alexandre, jovem de vinte anos, descobriu ser Tereza a alegria da vida e a única razão para continuar respirando. Enamoraram-se e fizeram planos. Durante o dia, felizes, corriam pelos campos e, à noite, contemplavam as estrelas. E ela dizia ser a flor dele e ele gostava que ela fosse a sua flor. E quando ela perguntava o que ele era para ela, dizia ser o sol e ela pensava que ele dizia isso porque a aquecia do frio, mas ele dizia aquilo por outro motivo.

E assim viveram os amantes por cinco venturosos anos.

Quando chegaram os anos obscuros do reinado de Trev, Alexandre disse a Tereza que queria que ela continuasse a ser a flor da vida dele, mas também que ela precisaria ser um diamante e, então, ela compreendeu que a intenção dele era constância temporal e transcendia as questões de conforto e prazer.

Enquanto Maria Luíza contava-me a história de Alexandre e Tereza, o vento enxuto e quente da noite varria os galhos secos das árvores lá fora e cada gesto que ela fazia, a menor contração facial, os lábios, tudo me cativava e trazia-me paz ao coração, pois mesmo sem ter ciência, eu, de alguma maneira sabia que o que sempre quis era ficar ao lado dela.

Alexandre foi transformado em gavião e fugiu para o nosso mundo com a obrigação de ser o guardião do rei. Tereza ficou só no Purgatório.

E chegaria o dia em que ela haveria de decidir se permaneceria flor ou atenderia ao pedido do amado transformando-se em duro diamante.

O Purgatório mudou e a maioria dos esperançados sofreu os efeitos da mudança. O amor verdadeiro passou a ser visto como fixação doentia; o caminho da felicidade tornou-se largo e fácil.

Tereza resistiu, inicialmente, à corrosão da alma. Após o quinto ano Alexandre era doce e tênue lembrança. Tempos depois, ela resolveu ser feliz e procurou a felicidade na brevidade das paixões e na intensidade dos prazeres. Ainda restavam ocultas, em cantos da sua alma, antigas crenças que, vez por outra, afloravam como fantasmas a atormentar-lhe a felicidade, nada, porém, que cinco ou seis doses de bom uísque não aplacassem.

O gavião guardião, conduzido pela Ordem da Cruz, muitas vezes viu, impotente, a transformação de Tereza.

Aproximava-se o mais que podia dela e era escorraçado, pois não sabia ela que a ave era o seu amado Alexandre.

Após dez anos Tereza agia e comportava-se da mesma forma que as mulheres desventuradas.

Quando a fortaleza do diamante foi aberta e extinguiram-se todos os feitiços das forças das trevas, Alexandre foi ao encontro de Tereza.

Chovia naquela tarde. Ela atravessava a rua saindo do prostíbulo onde trabalhava quando ouviu a voz dele a chamá-la do outro lado da rua:

– Tereza! Tereza!

À primeira vista pareceu-lhe familiar aquele homem com capa e guarda-chuva e, por breve instante, seu coração estremeceu; depois pensou que seria mais um cliente maçante. Mesmo assim foi em direção a ele.

– Tereza!

– Você!

Ela perdeu os sentidos. Ele a amparou e a conduziu até o abrigo da parada de ônibus. Esperou que se recobrasse e reanimasse.

– Não posso ficar muito tempo. Sou um foragido leal ao rei Rafael. Venha comigo!

– Não.

– Vou levá-la para longe deste mundo e, quando a guerra terminar, reconstruiremos nossas vidas.

– Não. Não posso. Não consegui ser um diamante.

– Suas ações passadas não podem decidir o nosso futuro. O importante é o seu coração. É ele que precisa ser um diamante. Venha comigo! Não temos mais tempo.

– Não. Não quero.

– Venha, amor meu!

– Não.

– Por quê?

Ela pensou e pensou e depois disse:

– Já não o amo.

Aquelas inesperadas palavras feriram-no profundamente. Ele emudeceu. Ela deu-lhe as costas e caminhou sem olhar atrás.

Atônito, ele saiu pela rua cambaleando, nem sequer pegou o guarda-chuva e, por isso, a chuva e o vento castigaram-lhe o rosto. Com o coração dilacerado, cego pela escuridão que o cobriu e com a face encharcada não só pela água pluvial, partiu para a guerra.

E ela, derramando abundantes lágrimas, foi para casa caminhando sobre delgada sina de descobrir se nobreza ou volubilidade causou as últimas palavras que pronunciara.

Quando Maria Luíza terminou de contar a história do guardião e pediu-me a promessa de não deixar que aquilo acontecesse em nossa vida, não lhe respondi por estar fascinado por ela, mas também porque no fundo do coração sabia que não tinha controle de nossas vidas; estava convicto, no entanto, de que poderia ser um diamante.

Peguei-a pela mão e saímos a caminhar pelas ruas da cidade. A madrugada tornara a temperatura agradável e o céu iluminava o nosso caminho. Eu lhe disse:

– Você será sempre uma estrela para mim.

Ela sorriu e abraçou-me forte.

Em seguida, entrei a comentar sobre o comportamento do guardião durante a viagem, quando Maria Luíza falava sobre a "batalha dos peões" e disse-lhe sobre surpreendê-lo com lágrimas nos olhos.

Ela então me revelou que houve um momento nesse combate em que Alexandre perdeu o autocontrole e tomando-se de tremenda fúria passou a desferir golpes mortais de espada, indistintamente, contra desventurados e esperançados. Como um louco e com o corpo coberto de sangue, avançou sobre Júlio que se defendeu e gritou por ajuda, no que foi atendido por outros cavaleiros da Ordem. Alexandre continuou golpeando até o momento em que o rei atirou-se entre eles e pediu que todos se afastassem.

– Descarregue sua ira sobre mim, mas depois reconheça os amigos. – Disse-lhe o rei que embainhou a espada.

Alexandre golpeou o rei ferindo-lhe o ombro esquerdo e depois lhe colocou a espada no pescoço.

Os cavaleiros da Ordem esboçaram reação, mas o rei fez sinal com as mãos e eles permaneceram afastados.

Alexandre deu um grito medonho e lançou longe a espada. Logo em seguida saiu, desarmado e ensanguentado, caminhando entre amigos e inimigos.

Por aonde passou, todos se afastaram como se obedecessem a uma ordem inaudível, secreta e poderosa.

Abandonou a batalha e, com o fim da guerra, só não abandonou a vida pelo devotamento do rei e dos amigos da Ordem da Cruz.

Estávamos no banco da praça quando avistamos Alexandre entrando no hotel. Gritamos o nome dele e corremos em sua direção.

– Missão cumprida, mas precisamos partir logo. – Disse ele.

O sol ainda não havia surgido e já estávamos comendo estrada em alta velocidade.

Em Catalão devolvemos o carro à locadora e alugamos outro veículo em outra agência.

Em Uberaba paramos para descansar. Estávamos cansados e sonolentos. O noticiário da televisão deu a conhecer matança no Distrito Federal provavelmente causada por guerra entre malfeitores: 15 mortos na região de Planaltina.

Com olhares inquisitivos miramos o guardião.

– Foi o único jeito. – Disse ele.

Dormimos até o raiar da segunda-feira, dia nove de setembro, quando seguimos para São Paulo.

Em São Paulo, Alexandre foi à busca de algum eletrônico na rua Santa Ifigênia e nós tiramos a tarde para passear na Vila Madalena e namorar.

Tarde inesquecível; momento só nosso.

Na terça-feira retornaram ao Purgatório. Acompanhei-os até Campo Grande e, depois, com o coração dolorido, voltei para casa.

Na despedida ela disse que não sabia dizer o que queria dizer, mas que me amava e o que ela dizia não significava nada por serem palavras de quem não podia e, não queria, transcender o verbo aumentativo. Pediu-me que o coração fosse como o diamante azul que o grande rei me ofertara. Roguei-lhe que ficasse e os olhos dela marejaram-se de lágrimas. Disse que não podia ficar e o tempo de permanecermos juntos haveria de chegar, mas não seria neste mundo.

No seu olhar, além da úmida secreção, havia certo mistério. Uma verdade que não podia ser revelada por compaixão da alma penada que me animava.

E dela eu sabia quase nada.

Vida cruel, amor exagerado!

XIII. CAPÍTULO 7

Olhei o céu, as estrelas sumiram; mentiras atuais nos livros substituíram antigas verdades do coração e eu cerrava os punhos para que a letra do nome dela não desaparecesse. Pior para mim. Pior para mim. Vagava nas ruas; olhava o relógio, o tempo não passava e a minha gente, a cada dia, mais à índole voltária se afeiçoava e eu dela, cada vez mais, me afastava, pois cria encontrar a felicidade na imutabilidade dos sentimentos constantes.

Depois de tanto tempo, estava sozinho e triste; o mundo insistia na sua rotina cruel de degeneração generalizada e eu o fitava de longe como a observar um psicodélico quadro do gênero natureza-morta.

Suportei setembro esperando outubro, outubro aguardando novembro, novembro confiando em dezembro e dezembro rezando pelo ano novo.

No dia 05 de janeiro de 2003, o primeiro domingo do novo ano, misantrópico, caminhava pelas ruas da cidade quando dois brutamontes me arrastaram para um luxuoso carro estacionado diante de um terreno baldio. Dentro do carro, no banco de trás, esperava uma mulher. Colocaram-me ao lado dela e entraram no banco da frente, um deles, ao volante, arrancou o carro e pisou fundo.

– É você o famoso Etienne Navarre? Ou devo chamá-lo de Francis? – Disse a mulher.

– Dê-me o nome que quiser. Não a conheço. – Respondi sabendo que só alguém do Purgatório poderia chamar-me por aquele nome.

– Prefiro Navarre. Francis é nome de mulher ou de defunto.

– No seu mundo é nome de herói.

– Garoto esperto! Sabe de onde sou?

– De onde vem e quem é.

– Dizem que já esteve lá.

– E eu ouvi dizer que você não sobreviveria à luz solar.

– Aqui no seu mundinho não usufruo poderes, mas, em compensação, não tenho nenhuma maldição a pagar. O seu ADN fez-me perder a magnitude, mas encontrei outras possibilidades interessantes por aqui.

– Ainda vai pagar pelo que fez à família de Ivo e por todos os seus crimes.

– Já que sabe tanto, então deve saber o que quero de você.

– Não. Não sei.

– Ah! Melhor assim.

– Que quer comigo, Dama da Noite?

– Um presente.

– Presente?

– Sim. Você será o meu presente para Ausentino. Que também deve saber quem é.

– Já ouvi falar.

– Vai conhecê-lo em breve.

– Que quer comigo essa criatura maligna?

– Ele será o pai que nunca teve.

– Eu tive um pai de quem muito me orgulho.

Ela deu uma risada. Horrenda! Era o riso do diabo. Lentamente acendeu um cachimbo de cor negra como o seu vestido. Puxou o fumo e baforou fumaça sobre mim.

Tudo foi, em câmara lenta, ficando escuro e trêmulo.

Quando recuperei a consciência, sentia frio, estava com a roupa encharcada e balançava.

Era prisioneiro numa jaula pendurada na cumeeira de um grande galpão.

Criaturas horrendas, abaixo de mim, gritavam umas com as outras e trabalhavam em máquinas que fumegavam.

Havia labaredas por todos os lados lá embaixo, no entanto, sentia frio; muito frio.

Depois de certo tempo baixaram a gaiola de ferro até o chão, onde a temperatura era agradável. Com potentes mangueiras esguicharam água em mim e, em seguida, atiraram comida e água potável em garrafas plásticas para dentro da cela. Depois, subiram-na novamente começando uma rotina de muitos dias e muitas noites. Naquele local era impossível distinguir o dia da noite e perdi a noção do tempo. Havia sempre criaturas trabalhando nas fornalhas em turnos contínuos. E o tempo foi passando. Não sabia quanto.

Eu comia mal, bebia pouca água, sentia frio e, igual bicho, fazia as necessidades fisiológicas dentro da jaula. A única higiene era o jacto de água.

E o tempo passava.

Para não enlouquecer eu vivia em devaneios com Maria Luíza e rezava:

– Deus cuide bem dela! Cuide bem dela. Proteja também a minha mãe. Cuide bem dela. Cuide bem dela!

Depois de muito tempo, caí doente. Ardia em febre. Quando desceram a gaiola, gritei:

– Estou doente! Se não me tirarem daqui, morrerei. Vou morrer!

E aquelas criaturas repetiam:

– Morrer! Estou doente! Vou morrer!

E gargalhavam e repetiam gritando como se fossem a reflexão da minha voz, num eco idiota e sinistro.

– Morrer! Estou doente! Vou morrer!

Esguicharam água em mim, jogaram alimento e água na gaiola e suspenderam novamente.

Aguentei por mais um tempo e depois desfaleci.

Acordei numa cama de hospital.

Havia uma enfermeira ao lado da cama e, próximo à porta, um homem forte.

– Onde estou?

– Num hospital.

– Que hospital?

– É uma casa de saúde. Entidade privada.

– Que tipo de casa de saúde?

– Sanatório.

– Um manicômio?

– Essa é uma palavra que não gostamos de usar por aqui.

– Você trabalha para Ausentino.

Constrangida, não respondeu. O homem que permanecia próximo à porta indagou:

– Posso levá-lo?

– Não. Ainda não. Ele está muito fraco.

Percebi um desconforto na perna direita. Quando tossi, doeu-me o peito. Além desses inconvenientes, sentia-me debilitado. Fechei os olhos e fiquei pensando em Maria Luíza.

Adormeci.

Quando acordei tudo estava do mesmo jeito: a mulher ao meu lado e o homem vigiando a porta.

– Sente-se melhor? – Perguntou-me a enfermeira.

– Sim.

Respondi e, em seguida, tossi. Eu disse:

– Dói quando tusso e há um desconforto na perna direita.

– Você se restabelece de pneumonia.

– E a minha perna?

– Uma pequena infecção. Tivemos de fazer uma microcirurgia. Nada grave. Precisamos cuidar agora do seu pulmão que ainda está muito fraco.

– Como lhe chamam?

– Pode chamar-me de Maria.

– Maria, que dia é hoje?

– É uma quarta-feira.

– Mas que dia, que mês?

– Seis de maio.

– Tudo isso!

Ela olhou para mim com surpresa.

– Que ano?

– 2003.

– Ufa! Graças a Deus!

– Maria, aqui é o inferno? Ouvi dizer que Ausentino havia retornado ao inferno, lugar de onde nunca devia ter saído.

Ela demorou um pouco para responder. Naquele intervalo de tempo fitei-lhe o rosto e no semblante notei uma expressão de constrangimento parecida com aquela que vi nos olhos de Maria Luíza quando nos despedimos pela última vez.

– Estamos no município de Uruçuí. Numa área campestre.

– Uruçuí? Onde fica isso?

– No estado do Piauí.

– Estamos próximos à Capital?

– Não. Aproximadamente 450 quilômetros de Teresina.

– Maria, você vai deixar-me ir embora para junto de outra Maria?

– Baste! Chegue de conversa! – Gritou o homem que guardava a porta e depois perguntou:

– Posso levá-lo?

– Não. Sinto muito, mas vai demorar ainda cerca de três dias para que ele tenha condições mínimas de sair da cama.

– Acho que ele está de fingimento. Tagarela igual lavadeira. Não pode estar tão doente assim.

– As ordens são para não deixá-lo morrer. Quer ser o responsável por isso?

O brutamontes calou-se e a enfermeira, aproximando-se de mim, deu-me uma dessas revistas semanais de notícias.

– Leia para passar o tempo. Amanhã lhe trarei um livro.

Passei a folhear a revista e, dentro dela, encontrei um pedaço de papel contendo as seguintes palavras:

"Há câmara digital e escuta no quarto. Tome cuidado, portanto, com o que diz ou faz. Coloquei um *chip* na sua perna e, por isso, não reclame dela para ninguém. A sua salvação dependerá disso. O rei Rafael será avisado do seu paradeiro."

Aqueles três dias foram agradáveis e revigorantes. Maria cuidou bem de mim.

Após aqueles dias de lenidade, colocaram-me na parte traseira do furgão, que me sacudiu por algumas horas. Quando, por fim, parou estávamos em uma região serrana. Depois, fiquei sabendo o nome da serra. Ironia do destino: estávamos na "serra das confusões".

Fui parar numa pequena habitação afastada da casa principal; um quarto, tipo meia-água, com concreto no teto e nas paredes. A única porta e a pequena janela possuíam grades de ferro maciço.

Deixaram comigo os remédios, que a enfermeira me dera, e traziam água e comida com relativa regularidade.

Era evidente que Ausentino queria-me vivo para fazer uso de mim em alguma maldade futura.

Naquela prisão eu conseguia ver a claridade do sol e o brilho das estrelas e, assim, fui marcando os dias nas paredes do quarto.

E foi na noite do dia 17 de julho, quinta-feira, que ouvi alguém sussurrando na grade da porta.

Era Júlio. Fui até a porta. Ele falou:

– Fique afastado o mais que puder da grade e proteja-se com isto. – Disse ele passando-me uma chapa de ferro.

Encolhi-me num canto do quarto e coloquei a chapa, apoiada nas duas paredes, protegendo-me.

Ouvi a explosão e logo em seguida o tiroteio.

– Venha rápido! – Disse Júlio.

Saímos dali e nos juntamos a Alexandre e Cármen no momento em que ela apertava o dispositivo detonador fazendo ir aos ares a casa principal e as outras moradias ao redor.

– Trouxe para você. – Disse Cármen, passando para mim sua metralhadora giratória.

O fator surpresa foi decisivo na batalha e, logo, os carcereiros sobreviventes fugiram para o mato.

Cumprimentamo-nos efusivamente.

– Que é de Maria Luíza? Perguntei para Cármen.

– O rei não permitiu que ela viesse. Parece que estava envolvida emocionalmente no caso. Sabe alguma coisa sobre isso? – Interrogou ela jocosamente.

– Ela está bem?

– Sim. Ficou fazendo o trabalho de nós três, mas vai sobreviver.

Entramos no avião morcego e partimos.

No avião, Cármen disse que o circuito integrado que estava na minha perna poderia ser retirado pelo guardião se fosse esse o meu desejo. Aconselhou, no entanto, que eu o mantivesse por mais um tempo.

Revelou que todos eles usavam pastilhas de silício, com componentes miniaturizados, escondidas no corpo.

Achei prudente mantê-lo.

– Como passaram o avião morcego?

– Não passamos. Construímos esse aqui no seu mundo. – Disse Cármen.

– E as peças?

– A maioria fabricada aqui mesmo... Em São Carlos. Os componentes eletrônicos de simulação e antirradar vieram do Purgatório.

Conversávamos sobre esse e outros assuntos quando Júlio, que pilotava a aeronave, disse:

– Vou deixá-los em Avaré. Quero evitar o tráfego aéreo da região de São Paulo.

– Não! Não! Pelo amor de Deus, levem-me com vocês para o Purgatório. – Disse no anseio de rever Maria Luíza.

– Isso é aí com o guardião. – Disse Júlio.

– As ordens do rei foram para que nós o resgatássemos e eu ficasse a seu lado para protegê-lo. Acho que estará bem protegido no Purgatório. De acordo?

– Concordo! – Respondeu Cármen.

– Não sei não. Só se ele prometer comportar-se respeitosamente e de forma eunucoide. – Brincou Júlio.

Riram.

Júlio fez uma pequena parada em Campo Grande. Telefonei, então, para minha mãe avisando-a que estava bem e, em breve, retornaria para casa.

Fiquei o restante do mês de julho na companhia de Maria Luíza e foram dias de intensa felicidade.

Inofensivos prazeres sem perigo e segurança sem encarceramento.

Permanecemos no Purgatório e, no dia primeiro de agosto, conheci o avô de Maria Luíza, seu único ascendente vivo.

Morava numa pequena casa, com quintal enorme, belo jardim na frente e pomar no fundo. Pequenos animais corriam soltos pelo restante do terreno coberto por vegetação rasteira.

Ele, português e militar reformado, mantinha hábitos da caserna.

Maria Luíza bateu continência e mantiveram um tratamento excessivamente formal. Senti-me, no entanto, seguro no ambiente de respeito e honestidade sincera que ele propiciava.

Após as apresentações e breve conversa preliminar, ele abriu o cofre e de lá retirou uma pequena caixinha de madeira. Caixinha verde e vermelha com o brasão de armas de Portugal estampado na parte superior.

Dentro da caixa estava guardado o seu mais precioso tesouro: a Ordem da Torre e Espada, do Valor, Lealdade e Mérito.

Relatou-me, em pormenor, como a conseguiu.

Experimentei forte emoção ao saber que, além dos netos, apenas Carmén e agora eu, fomos contemplados com tamanha honraria.

Passamos um dia revigorante e renovador ao lado do velho militar.

Houve instantes de saudosas revelações e, num desses momentos, fiquei sabendo que Maria Luíza e o irmão foram morar no Purgatório, indiretamente, pelas mãos do meu falecido pai. Em uma de suas visitas ao novo mundo, antes de conhecer mamãe, ele foi atacado por bandidos. Mauro, pai de Maria Luíza e Júlio, afugentou os malfeitores dando tiros para o alto, mas, na confusão, papai foi esfaqueado. Mauro cuidou dele. Nasceu entre eles, durante a convalescência, sólida amizade. Depois, Mauro tornou-se cavaleiro da Ordem da Cruz e manteve vida dupla. No nosso mundo era um bem sucedido caixeiro-viajante e no Purgatório, um herói da Ordem da Cruz.

A mãe de Maria Luíza morreu no dia que ela nasceu. As crianças ficaram sob os cuidados do avô.

Antes de morrer em combate, Mauro pediu que seus filhos fossem educados pela Ordem da Cruz. E assim foi feito. O avô, que não tinha mais ninguém, foi junto para o Purgatório.

No dia 4 de agosto, de acordo com o nosso calendário, Maria Luiza levou-me até o monte Illuminati, uma das montanhas que formam a cadeia onde está o pico Udyat, o mais elevado de todo o Purgatório.

As mochilas estavam pesadas, carregadas de muita comida e água. Havia mantimentos para cinco ou seis dias.

Próximo ao cume do monte Illuminati, quando ofegávamos com os efeitos da rarefação do ar, encontramos uma plataforma talhada em triângulo.

Entramos.

A treze passos havia uma cruz plantada no chão em época recente, contrastando com a paisagem milenária.

Ao lado da cruz, outra entrada menor em forma de olho.

Não consegui vislumbrar o seu interior, esfumado de vapores anilados. Poeira de nácar formava a esclera que escurecia na cor da safira formando a iris e depois a pupila, num azul-ferrete.

A albugínea ocular dava a ele a aparência de um olho cego ou, melhor ainda, da órbita ocular cujo olho fora arrancado e em seu lugar restou a bola enevoada, ameaçadora.

Maria Luíza, exausta e respirando com dificuldade, sentou-se numa pedra próxima à cruz.

– Entre! Eu o espero aqui.

– Como assim?

– A jornada agora é só sua. Não tenha pressa, esperarei pacientemente sua volta.

– Por que não pode vir comigo?

– Não é permitido. Vá, vá logo, mas, por favor, volte para mim... por maior que seja a tentação da onipotência.

Sentada, reclinou a cabeça e cerrou as pálpebras.

Quando passava pelo olho de fumo, ouvi-a balbuciar:

– Trinacria!

Então vi à minha frente uma alameda imensa.

Uma luz projetava-se lá do fim, maravilhosa, iluminava a grama, as flores rasteiras e o muro de álamos que guarneciam as margens do caminho.

Caminhei em direção à luz.

Ao meu encontro veio um vulto. Figura indistinta pela luminosidade que, à distância, ofuscava-lhe o semblante.

À medida que se aproximava eu conseguia vislumbrar-lhe o corpo: um ser radiante como a própria luz de onde saíra um anjo, um humano assexuado, ou qualquer coisa assim.

– Quem é você? – Perguntei-lhe.

– Sentinela perdida de Trinacria.

– Você é matéria ou espírito, homem ou mulher?

– Sou o que quiser que eu seja.

Era uma mulher, uma linda e fulgurante mulher. Estava descalça e o vestido era de seda sem realces ou adornos. Simples e branco cingia-lhe o corpo angelical.

– Tire os sapatos dos pés, porque o solo que vai pisar é santo.

Descalcei-me.

Pousou-me a mão levemente no braço e um rastro de fogo percorreu-me as veias, no mesmo tempo um medo indizível caiu sobre mim.

Segurou-me a mão e conduziu-me em direção à luz.

– Não tenha medo! Ande! – Disse ela, como se já soubesse o pavor que me tomava conta do espírito.

Bambearam-me as pernas.

– Não trema! Ânimo! Contam-se nos dedos os filhos de homem e mulher que receberam esta dádiva.

Pensei em Maria Luíza.

Andamos até o último álamo e paramos.

– Quais são suas perguntas fundamentais? Que quer saber?

As dúvidas, todas as incertezas que me atormentaram desde que nasci, calaram-se.

Pensei novamente em Maria Luíza.

– Para essa pergunta já sabe a resposta. – Disse ela, para, em seguida, perguntar:

– Quanto tempo pretende ficar?

– Não sei o que vou encontrar. Alguns minutos, talvez.

Ela olhou para mim e o seu olhar exprimia um sentimento difuso que oscilava entre a pena e a decepção.

– Farei essa pergunta novamente daqui a três horas.

E logo em seguida apontou para a luz e disse:

– Vá!

Dei dois passos em direção à luz. A mão dela retesou o meu braço e escapou-me dos dedos.

Fui envolvido pela luz.

Fechei os olhos e fiquei por alguns minutos tentando controlar o medo.

Abri vagarosamente os olhos e vi.

Vi que não estava em lugar algum. Uma estranha gravidade mantinha-me em pé sobre o vazio. Luz, era tudo luz!

Depois de algum tempo meus olhos começaram a distinguir pequenas manchas. As manchas foram aumentando em tamanho e quantidade. Umas unindo-se as outras formando um enorme borrão.

– Que é isso? – perguntei para mim mesmo.

– São elétrons e fótons borrados pelo espaço e tempo. – Respondeu-me a mulher sem que eu a visse.

– Para que servem?

– São o início e o fim de tudo.

– Que devo fazer?

– Esperam que você, com sua vontade, os colapsem em estados definidos de seres.

– Trinacria! – Murmurei.

... E passei a dar existência às coisas.

– Você é agora um criador de mundos. – Segredou-me a voz da mulher invisível.

Prossegui na minha obra, sem saber de mim, absorto, não vi o tempo passar até que a voz disse:

Passaram-se três horas, quanto tempo pretende ficar?

Alucinado, respondi:

– Três... três dias.

Setenta e duas horas após haver entrado na luz a sentinela puxou-me para fora e, novamente diante do último choupo-branco, perguntou-me:

– Que o seu coração deseja agora?

– Ver Maria Luíza. Sair daqui.

– Não poderá retornar. É isso mesmo o que quer?

– Sim.

Caminhou ao meu lado até o olho.

– Obrigado. – Eu disse.

– Agradeça ao amor, ele o salvou.

Atirei-me aos braços de Maria Luíza e ficamos abraçados em silêncio.

Depois, fizemos a longa descida da volta. Aquele lugar encravado na montanha estava a mais de dois mil metros de altitude.

Quase não nos falamos. Eu tinha muito no que pensar e ela já passara por aquela experiência, mesmo assim perguntou-me:

– Criou algum ser inteligente?

– Não.

– Graças a Deus.

– Fiz apenas uma asneira.

– Qual?

– Criei um cachorro. Um cãozinho lindo.

– Ficará para sempre sozinho no mundo que criou.

– Sempre quis ter um cachorro. Viverá solitário, mas com muito conforto no mundo que criei.

Na sexta-feira, dia 8 de agosto, retornei a São Paulo sob a proteção do guardião.

O apartamento estava desarrumado e havia pó sobre os móveis como se estivesse desabitado.

Ouvi os recados na secretária eletrônica. Vários diziam a mesma coisa:

– "Sua mãe é nossa prisioneira. Se deseja vê-la com vida ligue para este número." – E mencionava o número de um telefone celular.

Liguei para Alexandre que ficara na portaria buscando alguma informação sobre segurança do prédio.

O guardião, com muita paciência e argumentos convincentes, dissuadiu-me do propósito de ligar imediatamente e aplacou o desespero que tomava conta da minha alma. Achou melhor buscar ajuda antes de qualquer iniciativa.

– De quando é a primeira mensagem? – Perguntou ele.

– Do dia 20 de julho.

– E a última?

– 25 de julho.

– É provável que ela já esteja morta. Se, no entanto, esperaram até hoje, esperarão mais um dia. Precisamos buscar reforços.

No sábado, estávamos reunidos novamente: Júlio, Cármen, Maria Luíza, o guardião e eu.

Acionei o alto-falante do telefone e disquei o número informado na secretária eletrônica.

– Aqui é o Navarre.

– Sabemos quem é. Vá amanhã às sete horas da manhã até o quilômetro 67 da Rodovia dos Bandeirantes e aguarde lá. Vá sozinho!

Na hora marcada estava no local determinado. Um helicóptero levou-me embora.

– Onde está minha mãe? – Perguntei.

– No fundo do rio Tietê. – Respondeu o piloto.

Saltei sobre ele desferindo golpes com os punhos. Alguém me bateu com muita força na cabeça. Desmaiei.

Sobejaram na consciência três sonhos que tive durante o período em que fiquei desacordado. Não me lembro bem do primeiro, mas, nele, Maria Luíza pedia que ficasse com ela, vivendo no Purgatório.

O segundo sonho foi com minha mãe, no tempo em que era pequeno, quando sentia de forma forte a ausência dela e o desejo irracional de ter um pai como todas as outras crianças tinham. No sonho estava muito mais triste e zangado do que o habitual, pois nele minha mãe também partira para nunca mais voltar. Não restara nem sequer aquela mãe sonolenta e irritadiça que não me fazia companhia durante o dia e nunca vinha me ver quando, com medo, chorava no meio da noite escura e cheia de fantasmas. Estava mais só do que sempre fora.

Mas no terceiro sonho era como se ela tivesse se transformado num anjo. Eu estava só no piso gelado do apartamento tremendo de frio e medo do escuro, quando ela chegou e, resplandecente, espantou todas as sombras e aqueceu-me o corpo. E ela me colocou no colo e cantou uma canção de ninar e, como nunca fizera antes, beijou-me e disse que me amava. Depois colocou-me na cama, puxou a coberta sobre mim, beijou-me novamente e partiu voando pela janela do quarto e vi sua luz delir-se lentamente no céu. E no sonho eu sabia que ela estaria esperando por mim lá onde os sonhos se realizam depois que a gente morre. Havia a certeza no meu coração de que iria ter com ela. Era só uma questão de tempo.

XIV. CAPÍTULO 8

A primeira tentativa de resgate malogrou. Cármen havia planejado novo ataque surpresa, mas, daquela vez, os homens de Ausentino estavam preparados e rechaçaram a investida.

Estava novamente só. Arrancaram, sem anestesia, o *chip* da minha perna e o destruíram.

Levaram-me à presença de Ausentino.

Era um homem de semblante comum. Não tinha a face horripilante do Cabeça-de-cuia. Parecia um tanto esnobe, mas sua aparência era comum. O rosto paliado dava-lhe ares de político quando se apresenta na televisão.

Sentou-se a minha frente e ao lado dele, de pé, havia dois outros homens. Um deles pôs-me na cabeça uma espécie de capacete ligado por fios ao equipamento eletrônico que estava sobre a mesa.

– Qual é o seu verdadeiro nome? – Perguntou-me o outro homem que estava em pé ao lado de Ausentino.

– Francis. – Respondi e, simultaneamente, indicadores coloridos apareceram na tela do aparelho.

– Quantos anos você tem, Francis?

– Treze.

– Onde estão os seus amigos que fracassaram na tentativa de tirá-lo de nós?

– Não sei. Mas sei que eles me tirarão daqui.

– Sabe por que está aqui, Francis?

– Não.

– Concluímos o nosso trabalho, Francis. Agora só precisamos da sua ajuda para duas coisas.

– Não ajudarei em nada, antes que libertem minha mãe.

– Sua mãe está morta, Francis.

– Não é verdade!

– A mentira é aptidão inerente aos habitantes do seu mundo. É verdade, meu filho, mas não se preocupe, logo estará ao lado dela.

– Não terão a minha ajuda e, além disso, eu prometo que...

– Promete...

– Que vou matar o seu chefe aí... que está sentado nessa cadeira sem dizer nada.

– Acho que não terá tempo para isso, Francis. Pois assim que nos ajudar nessas duas coisas você será incinerado para que não sobre nada desse maldito gene.

– Eu mato você e ele antes.

– A primeira coisa que precisamos saber de você, meu filho, é o local exato da passagem para a nossa casa. Por onde aqueles fanáticos da Ordem da Cruz o conduziram até o Purgatório?

– Não me chame de filho, seu desgraçado.

– Onde é a passagem, Francis?

– Não sei. Meus olhos estavam vendados.

– Onde eles vendaram?

– No Amazonas.

– Diga só a verdade, Francis, é melhor para você e para o seu bem-estar.

Percebi que o aparelho acusava quando eu falava uma inverdade.

– Estávamos no estado de Mato Grosso.

– Qual Mato Grosso.

– O do Sul.

– Qual a última cidade que passou?

– Campo Grande.

– Que mais você sabe sobre a passagem, Francis? Que direção tomou quando saiu de Campo Grande?

– Não sei mais nada.

– Só a verdade, Francis!

– Seguimos em direção a uma cidade chamada Aqui... Aqui... – Não me lembrava o nome.

– Aquidauana?

– Sim.

– Passaram por outra cidade, vila ou povoado?

– Não.

– Cruzaram o Rio Aquidauana?

– Não. Não que eu saiba.

O homem que me inquiria, voltando-se para Ausentino, disse:

– Ele está falando a verdade, senhor. Não ajudou muito, mas, pelo menos, temos por onde iniciar o rastreamento.

– Vai demorar muito. Tranque-o e mantenha-o sob vigia o tempo todo. Mande a metade dos homens à captura dos amigos dele. Tragam-me um deles vivo.

Saíram os três e entraram os seguranças que me reconduziram à prisão.

Na noite do dia seguinte, jogaram Cármen para dentro da cela.

– Que aconteceu?

– Nós os subestimamos. Estão bem equipados e são em grande número.

– E os outros?

– Estão vivos. Pelo menos estavam quando fui capturada.

– Que lugar é este? Onde estamos?

– Eles o trouxeram de volta ao Nordeste. Estamos próximos do lugar onde o resgatamos antes.

– De novo nesta região?

– Talvez acreditassem que o acesso ao Purgatório estivesse no rio Parnaíba. Aquele crápula Gabriel sabia que a passagem ficava para o Oeste, mas, com certeza, guardou segredo para, no futuro, usar por moeda de troca contra Trev.

– É provável.

– Que querem de mim? Por que não me mataram?

– Querem a passagem de volta para o outro mundo. Tentaram arrancar de mim, mas eu não soube informar com precisão.

– Desgraçados! Fomos enganados. Provavelmente queimamos uma réplica do totem maligno.

– Como assim?

– Sem o totem eles nunca retornariam ao Purgatório.

– Está insinuando que a Fortaleza do Diamante pode ser novamente desativada.

– Sim. Caso tenham reconstruído o "diamante vermelho".

– Que é o diamante vermelho?

– Uma máquina que o rei Rafael lançou no incinerador do inferno. Se eles reconstruíram o diamante vermelho e se estiverem com o verdadeiro totem maligno, basta o seu gene para desativarem a Fortaleza do Diamante e readquirem os poderes das trevas.

– E o rei ainda os trata por cidadãos?

– O nosso rei é um grande e sábio rei. Ele acredita no amor e na caridade.

– Devia lançá-los, todos, no incinerador do inferno.

– Você só está dizendo isso porque há muita raiva, muita tristeza no coração e vive aqui neste mundo de tantas injustiças.

– Não. Não possuo as virtudes do seu rei.

– Não se esqueça que aqui neste mundo já existiu um soberano que lançou seus inimigos em fornos crematórios.

– Gente inocente.

– Talvez o primeiro não fosse.

– Que quer dizer com isso?

– Que o nosso rei é melhor que esse soberano da história do seu mundo. Talvez não jogue Fred e seus malfeitores no incinerador para não acender a sanha de muitas pequenas vinganças como esta que lhe corrói o coração neste momento.

– Nunca compare o seu rei àquele monstro nazista.

– Ele não é o único, nem o último, nem o pior na história, além disso, tem contra si o fato de ter perdido a guerra.

Enquanto Cármen conversava comigo, rasgava as pernas da sua calça comprida que se desenrolava numa forte corda. Uniu as duas e fez um pequeno laço, desses usados para armadilha de caça. Perguntou:

– Que eles já sabem sobre a passagem.

– Que fica próximo ao rio Aquidauana.

Colocou a laçada para fora da cela e disse-me:

– Faça barulho na grade, como se estivesse serrando. – E, utilizando o urinol, fez movimentos para eu saber como era.

– Eles não têm as chaves. Já observei.

– Não é a chave que estou buscando.

Passei a "serrar" as grades.

– Mais alto! – Disse ela.

Não demorou muito e um dos guardas veio ver o que estava acontecendo.

Quando pisou na armadilha ela puxou com força arrastando-o até a grade e, com poderoso soco na nuca, fê-lo desmaiar.

De maneira ágil ela pegou a arma dele e arrastou-me lá para o fundo da cela. Os dois outros guardas que faziam a ronda se aproximaram e, quando estavam sobre o companheiro caído, ela atirou neles.

Ela puxou os três corpos inertes para próximo da grade e retirou os aparelhos de comunicação que estavam presos aos coses das calças deles.

Desmontou tudo e passou a reunir e compor convenientemente as peças, aprontando para funcionar uma geringonça eletrônica.

Depois, passou a falar no improvisado microfone.

– Eles nos levarão para o rio Aquidauana. Câmbio! Iremos para a passagem. Câmbio! Iremos para o Aquidauana. Câmbio!

E ficou repetindo, repetindo.

– Espero que ouçam.

De repente, os homens de Ausentino apareceram em grande número. Abriram a cela e passaram a nos espancar. Destruíram o rádio que Cármen havia construído e nos deixaram amarrados um no outro, pendurados de cabeça para baixo.

Foi uma noite desconfortável aquela. Moídos de pancadas, o corpo todo doendo e naquela triste posição, enquanto eu gemia Cármen ainda tinha espírito para brincadeira.

– Não estaria gemendo, fosse outra que estivesse aqui juntinho de você.

– Como estará ela?

– Deve estar melhor do que nós.

Passamos demorados segundos, longos minutos e vastas horas, naquele leito morcegal, conversando sobre os mais variados assuntos. Falei e ouvi sobre Maria Luíza e a vida dos amantes. O pesar do afastamento e o prazer do reencontro, sofrer e comprazer, chorar e sorrir. E na nossa conversa, dentro daquela infindável noite, Cármen revelou-me sua breve e triste história de amor.

– Intensa e breve. – Disse ela.

– Onde está esse homem de sorte?

– Preferiu a morte.

Não conseguia ver-lhe o rosto, mas a voz embargada e a respiração entrecortada fizeram-me perceber-lhe o grande desgosto.

Mudei de assunto.

Ela disse:

– Se sairmos vivos desta aventura entregar-lhe-ei o último bilhete que ele deixou para mim.

Na manhã do dia seguinte colocaram-nos algemas e conduziram-nos para dentro de um velho avião Bandeirantes. Dentro do avião outras algemas prenderam o pé direito de Cármen a uma argola que havia no piso do avião.

Partimos.

O avião fez algumas paradas e, finalmente, chegou ao seu destino, onde fomos transportados, separados e algemados às carrocerias de camionetes, até as margens do rio Aquidauana.

Não perderam tempo e puseram a torturar Cármen afundando-a no rio, afogando-a e emergindo-a quando já estava quase morta. Às vezes era necessário fazê-la voltar à vida com ajuda de paramédicos. Após breve descanso, perguntavam se ela iria mostrar o caminho e recomeçavam tudo de novo.

Não suportava mais vê-la sofrendo e gritei:

– Parem!

Mantiveram-na fora da água, suspensa pela corda, e olharam todos para mim.

– Que é moleque? Desembuche! – Gritou um dos torturadores.

– Eu levo vocês até lá.

Ausentino que estava ao meu lado deu-me um murro no ouvido que me fez rolar a ribanceira e cair na água.

– Não preciso de detector de mentira para isso. Tire-o da água! – Gritou para um dos seus homens.

Estava levantando-me dentro da água quando o atroamento de tiros e explosões derrubou-me novamente.

Bombas caindo para todo lado e balas zunindo sobre as nossas cabeças.

Aproveitando a confusão inicial que o ataque provocou, saí do rio e atirei-me sobre os dois homens que seguravam a corda que mantinha minha amiga suspensa. Caímos os três no barranco enquanto Cármen, com a corda que a prendia solta, mergulhou no rio e desapareceu.

Os homens de Ausentino passaram a atirar nas águas do rio em derredor do local onde ela havia afundado.

Outros homens socaram-me o estômago e arrastaram-me para próximo de Ausentino.

A batalha era intensa. Ausentino percebeu, pelo poder de fogo adversário, que o guardião buscara reforço, deduziu que estava enfrentando o exército do rei Rafael.

Ausentino bateu em recuada.

Seus homens arrastaram-me com eles.

Fugimos nas camionetes e depois no velho avião.

O avião fez algumas escalas e, finalmente, chegamos a algum lugar, que não sabia onde era, mas que, com certeza, estava muito distante do rio Aquidauana.

Jogaram-me novamente na prisão.

E tive tempo mais do que necessário para torturar-me a alma com a dúvida se houvera salvado Cármen ou, com aquele impulso bem intencionado, estabelecido a sua morte.

Como ela, algemada e com os pés atados, poderia ter escapado das balas inimigas e das correntezas do rio?

XV. CAPÍTULO 9

Conseguia, no cárcere, ver a luz do dia quando o sol batia na grade da janela e isso permitia que eu mantivesse atualizado o calendário na parede.

Os dias, os meses, os anos foram passando.

Extraía algum consolo para a miséria da minha vida em devaneios com Maria Luíza e em pequenas concessões que os meus algozes foram fazendo à medida que o tempo ia passando.

Após o primeiro ano, gozava o privilégio de sair da cela uma vez ao dia e tomar breve banho de sol. Nesses momentos, colocavam-me uma grande corrente de ferro presa por argola no pescoço.

A partir do segundo ano, toleravam que eu fizesse caminhada diária no perímetro permitido pela corrente que media, aproximadamente, vinte metros. O tempo de exposição a raios solares aumentou consideravelmente e nesses passeios, às vezes, conseguia conversar com os guardas.

Os guardas eram homens contratados pelos comparsas de Ausentino. Não sabiam nada sobre o Purgatório e, para eles, eu era um criminoso louco e perigoso que atentara contra a vida do Presidente do Brasil e, por isso, precisava ser mantido afastado de tudo que pudesse ligar-me à organização terrorista da qual era membro.

Por meio deles fiquei sabendo que o Santos, campeão em 2002 e vice em 2003, foi campeão brasileiro novamente no ano de 2004. Essa e outras boas notícias deixavam-me contente e afastavam-me da loucura.

Os guardas tinham medo de mim. Estavam sempre à distância e em dupla. A água e os alimentos eram colocados no solo, encostados à grade da porta depois que ela fosse trancada. Receberam ordem para não se aproximarem de mim, por isso, nossas conversas eram breves e sempre em voz alta.

Algumas vezes os guardas jogavam para mim revistas ou jornais. Os jornais eram sempre nordestinos, o que me levava a acreditar que estava em algum lugar daquela região.

Certo dia, vi a foto de Dama da Noite num dos jornais. Era tratada pelo nome de Fernanda e pretendia candidatar-se à deputada federal pelo estado de Pernambuco.

Na longa entrevista que concedeu ao jornal, Dama da Noite fez menção, várias vezes, ao seu amigo e grande estadista Frederico Trev, que atuava discretamente como um dos consultores particulares do Presidente da República. Eminência parda de um governo que igualmente nunca existiu. Assim costuma dizer o seu titular, repetindo tantas vezes que não há como evitar o eco popular. Os pobres de espírito e os míopes econômicos retinindo sons análogos; os ricos de dinheiro e os hipermetropes sociais reproduzindo bufos de zombarias.

Não me foi possível deixar de pensar no rei Rafael e suas virtudes. Não pude evitar comparações e, finalmente, entendi o ato de Bruno antes de ser punido por algo que não havia feito.

Há pessoas que por si sós se bastam. O rei é uma delas.

Fiquei com a pulga atrás da orelha, como dizem.

Seria esse Frederico o terrível Trev do Purgatório?

Perguntei aos policiais se conheciam a candidata Fernanda e se já haviam ouvido falar no tal de Frederico Trev. Disseram que não, mas que ninguém conhece, de verdade, os políticos.

– Eles vêm, roubam e vão; como fantasmas oriundos de lugar assombrado. Disse um dos guardas.

– Ou do purgatório. – Eu disse.

– O purgatório é aqui, meu caro.

– Estou quase acreditando que aqui é o inferno.

– Você é mesmo louco. – Disse o outro guarda, fazendo o sinal-da-cruz.

No dia onze de abril de 2006 pedi aos guardas que me trouxessem, no dia seguinte, um pedaço de bolo e, se possível, uma vela. Queria comemorar o meu aniversário.

Conversaram com seus superiores e, na manhã do dia doze de abril, cantei parabéns, acendi e apaguei a vela, e comi bolo sozinho, relembrando outros aniversários solitários que passara no tempo em que era livre de cela, mas prisioneiro de rancores.

Depois que cantei, apaguei a velinha e comi o bolo, sentei no chão e fiquei pensando nos bens que usufruímos e no mal que sofremos. Pensei no amor e no ódio que, antes, acreditava dizerem respeito ao passado, pois, como já fora dito, suas causas antecedem seus efeitos e estava perdendo-me nos caprichos da imaginação quando ouvi alguns estrondos ao longe. Passou-me pela mente um pensamento irônico de que estivessem comemorando o meu aniversário.

O medonho fragor, bem próximo da cela, fez-me perceber que o barulho era de guerra e não de festejo.

Cinco homens ficaram guardando a porta de grade da minha prisão.

– Que está havendo? – Perguntei.

– São os seus amigos terroristas. – Respondeu um deles.

– Então acho que vocês deveriam fugir. Eles não têm por hábito deixar sobreviventes.

– Não podemos. Temos de proteger você. Essa é a ordem que recebemos.

– Não preciso de proteção. São meus amigos. Salvem suas vidas enquanto podem.

Não precisou de muita conversa e eles abandonaram o posto correndo para o mato.

Foi Cármen quem arrombou a porta da cela.

Corri a abraçá-la.

– Minha querida amiga, que bom que você está viva. Que saudade!

– Não me aperte tanto assim Etienne, Maria Luíza vai ficar com ciúmes. Afinal, agora você já é um homem de dezesseis anos.

– Pois é... Que belo presente vocês me estão dando.

– Parabéns!

Abraçou-me de novo e, com a mão direita, colocou-me no bolso da camisa um papel velho dobrado e protegido por embalagem plástica. Depois, com a outra mão, estreitou-o ao meu peito, dizendo:

– Isto é o que lhe prometi naquela noite que, iguais morcegos, trocamos confidências. Leia-o e devolva-me!

E logo em seguida entrou Maria Luíza. Eu fiquei parado sem ação olhando aquela linda mulher de olhos faiscantes.

– Você!

Não houve tempo para palavras; ela pulou nos meus braços e nós nos abraçamos e nos beijamos e nos beijamos e nos abraçamos até o momento em que Cármen arrancou-nos um do outro, dizendo:

– Temos de ir embora!

Cármen deu-me uma pistola automática que coloquei na cintura sob a camisa, pois queria ficar com as mãos ocupadas segurando Maria Luíza.

Logo que saímos da prisão em escombros, surgiram por entre a fumaça e a poeira das explosões três homens atirando contra nós.

Cármen e Maria Luíza fizeram fogo cruzado e dois homens caíram lá e duas mulheres feridas caíram aqui aos meus pés.

O último homem era Ausentino que não fora atingido por utilizar por escudo os corpos dos seus companheiros.

Sempre apontando a arma para mim, torceu meu braço direito e foi-me empurrando para longe dali.

Num lugar descampado começou a fazer sinal para o helicóptero que vinha em nossa direção.

Aproveitando aquele momento de desatenção busquei com a mão esquerda, às caladas, a pistola que estava na cintura e atirei várias vezes contra o corpo de Ausentino que tombou sobre mim.

– Vá para o inferno maldito! – Gritei.

– Já estamos nele, garoto idiota! – Balbuciou.

Empurrei o corpo dele para o lado e saí correndo em direção ao mato.

De dentro do helicóptero começaram a atirar em mim e eu corria em ziguezague. O helicóptero retornou e eu fiquei observando quando eles pousaram e levaram o corpo de Ausentino.

Saí em disparada para o local onde havia caído minha amiga e Maria Luíza.

Quando lá cheguei, encontrei Alexandre que abaixou os olhos e, contrafeito, disse:

– Júlio levou-as para o hospital. Seja forte! Precisamos de você.

A batalha prosseguiu por mais algumas horas e, ao cair da noite, teve fim com a fuga dos homens de Ausentino.

Ausência de notícias sobre Maria Luíza e preocupação com a saúde de Cármen enuviavam-me o espírito que recebeu breve momento de arroubo quando reencontrei Pedro, o velho.

– Como está o meu querido amigo? – Disse ele.

– Não estou na minha melhor hora. Mas fico feliz em revê-lo.

– Trinacria. – Ele balbuciou.

Permanecemos longo tempo em silêncio, como se estivéssemos nos ajustando àquela nova e cruel realidade. Depois, perguntei-lhe:

Que fez nesses quatros anos?

– Li e viajei pelo seu mundo conhecendo-o.

– Que achou?

– Decepção.

– Não gostou de Bonito, nem das praias nordestinas, nem dos bares da Vila Madalena?

– Não estive em todos esses lugares, mas vi muita crueldade, miséria, infidelidade, ganância e todos os tipos de pecados.

– Mas deve ter visto coisas boas.

– Sim. Geralmente aquelas relacionadas com a beleza natural ou a fé de minorias. A esperança do humilde, a pureza das crianças e raros casos de solidariedade também são coisas maravilhosas de se ver.

– Que o decepcionou?

– As virtudes cardeais foram transformadas em defeitos de caráter. Mães que não suportam os filhos, pais ausentes e volúveis, velhos abandonados, crianças violentadas. A riqueza e a corrupção, de mãos dadas, dirigindo o seu mundo, enquanto a miséria e a injustiça corroem o caráter e a moral do seu povo.

– Esse é o meu mundo...

– Esperava mais do paraíso perdido.

– Não estou certo de que o Paraíso foi aqui.

– Não devia ser chamado, então, de Terra.

– Onde estamos?

– Talvez o mais apropriado fosse chamar este mundo de Voragem.

E, com medo da realidade, ficamos ali conversando, deixando o tempo seguir; tentando encontrar um lenitivo para o meu espírito tantalesco.

Perguntei-lhe, entre outras coisas, como me encontraram e fiquei sabendo que chegaram até onde estava graças à obstinação do rei Rafael e à busca incessante da Ordem da Cruz. Não houve um único dia em que eles não procuraram vestígios, confrontaram informações ou esquadrinharam o mundo perscrutando qualquer possibilidade.

E quando o guarda comprou bolo e vela na véspera do meu aniversário a busca teve fim.

Quis saber ainda como estava o outro mundo:

– E como está o Purgatório após esses anos de reconstrução?

– Comparado com o seu mundo podemos dizer que estamos no "paraíso recuperado". Você verá em breve.

Conversamos sobre algumas amenidades e fomos procurar o guardião.

A tropa do rei, que estava em ação ali naquele lugar, foi dividida em pequenos grupos e recebeu ordens de retornar ao Purgatório.

O guardião, Pedro e eu fomos ao encontro de Júlio, Cármen e Maria Luíza.

Mas havia uma palavra da argumentação de Pedro em nossa conversa anterior, cujo real significado eu não entendera, por isso, perguntei-lhe:

– Em que sentido usou a palavra voragem? Não deve ser com o significado de abismo, certo?

– "Tudo o que subverte ou consome." – Respondeu ele.

INRI

XVI. CAPÍTULO 10

Já a aurora iluminava o céu, tornando-o róseo com filamentos negros e ameaçadores, avisando-me que a noite que passei em claro finalmente chegara ao fim, quando partimos para Brasília.

No hospital Sara Kubitschek encontrei Maria Luíza.

Seus olhos já não faiscavam. Rasos de lágrimas olharam para mim como a pedir remissão.

– Amor da minha vida...

– Estrela querida...

Duas lágrimas umedeceram-lhe a face.

Debrucei-me sobre ela e encostei o meu rosto no dela e a beijei e sussurrei-lhe ao ouvido:

– Cada dia eu a amo mais ainda.

– Eu também... eu também... amor da minha vida.

E ficamos ali, um sentindo a respiração do outro, sem falar nada por minutos que valiam a eternidade.

Entraram no quarto os nossos amigos.

Eles a cumprimentaram.

– Sabe como está Cármen? Teve notícia dela? – Perguntou.

– Sim. Acabamos de saber que está em segurança no Purgatório. O colete à prova de balas salvou a vida de vocês duas.

– Mas ela está bem? – Indaguei.

– Não sabemos os detalhes, teve traumatismo craniano e ainda é cedo para saber se haverá sequelas.

– Por que não me levaram? Perguntou Maria Luíza.

– A remoção no seu caso é complicada, mas está sendo preparado algo especial para que possamos retirá-la dentro de três ou quatro dias.

– De que ela sofre, Pedro? – Inquiri ansioso.

– Paraplegia.

– A coluna... mas o colete não devia protegê-la?

– Os médicos acreditam que uma bala ricocheteou no solo de concreto atingindo-a, de baixo para cima, nas vértebras inferiores.

Passei os três dias seguintes ao lado dela, dia e noite. Não arredei pé da sua cama enquanto Pedro e Alexandre cuidavam do transporte, das papeladas e, principalmente, de manter aquela ocorrência fora dos registros policiais.

Acompanhei Maria Luíza ao Purgatório sempre junto dela, aproveitando cada minuto como se fossem os últimos da minha vida. Ao cruzarmos a passagem, um mergulhador profissional conduziu-a, mas fui à frente segurando-lhe a mão.

Quando chegamos ao hospital, na Terra das Montanhas, o rei nos aguardava preocupado. Em sua companhia estava o avô de Maria Luíza. O velho militar reformado trazia com ele a caixinha magnífica.

– Estou feliz em revê-lo Etienne, apesar do momento desafortunado por que passamos. – Disse-me o Rei.

– Eu também estou feliz em reencontrá-los e tranquilo pela segurança de Maria Luíza aqui entre os nossos amigos.

– Ela poderá contar com o nosso amor.

Maria Luíza foi alojada na cama do cômodo previamente preparado para recebê-la.

Estávamos todos no quarto quando o velho, sem dizer palavra, com água nos olhos e mãos trêmulas, retirou a insígnia da caixinha e colocou-a sobre o peito de Maria Luíza. Depois, com o busto ereto e os calcanhares unidos, flectiu o braço direito e, com a mão espalmada, tocou-lhe a fronte com as pontas dos dedos.

Todos nós repetimos a mesura.

O velho, em silêncio, foi embora.

Ela, com os lábios trêmulos, soou tristemente. Os olhos do grande rei, iguais aos meus, estavam rasos d'água.

– Cuide bem dela para mim enquanto eu estiver fora. Ela é o diamante mais precioso que o seu reino possui. – Disse ao grande rei.

Despedi-me do rei e de Maria Luíza. Disse a ela:

– Eu volto.

Ela não disse nada. Apertou-me com força.

Passamos pelo hospital onde Cármen fora internada.

Ela permanecia em coma.

Beijei-lhe o rosto e disse-lhe ao ouvido:

– Volte para nós, minha querida amiga e companheira. Não posso ajudá-la neste transe difícil, mas também não quero separar-me de você.

Retirei do bolso o velho bilhete que ela me entregara pouco antes de ser baleada. Ainda não o lera. O guardião e o velho, percebendo a particularidade daquele momento, saíram do quarto.

Silencioso, percorri com a vista o bilhete:

"Meu Amor

Antes de fazer o que tenho de fazer, resolvi escrever este bilhete para você saber o quanto eu a amo. O ato será de aparente desamor e verdadeiro desespero.

Nunca lhe disse antes, porque não consegui. Todas as vezes que tentei, não alcancei êxito. Um nó aqui na garganta ou a voz que sumiu impediu-me.

Mas eu a amo. Amo você com toda a minha alma.

Perdão! Perdão por deixá-la assim. Perdão por permitir que você se apegasse a mim.

Minha vida, toda a minha vida, foi uma fuga. Fugi sempre deste dia. Você foi o meu único refúgio. Asilo dileto.

O que vou fazer nada que ver tem com você ou com a nossa vida. Você é a melhor mulher do mundo. Honesta, fiel, justa e deliciosamente amorosa. Se não fosse por este fadário eu lhe faria muitos filhos e sei que seria ótima mãe.

Adiei o mais que pude, justamente porque sei que, onde estiver, sentirei, em demasia, sua falta.

A minha avó, a minha mãe, os meus irmãos, todos tiveram o mesmo destino. Não tenho escolha. Os médicos dizem que é hereditário. Eu digo que é insuportável. Um vazio, uma tristeza infinita, uma angústia tão forte que nem sequer o meu amor por você resiste.

Adeus."

Dobrei o bilhete colocando-o no invólucro de plástico e guardei-o comigo. Custou-me crer tratar-se de bilhete suicida.

Frustrada a intenção de ler para ela, orei a piedade divina.

A meia voz, roguei a Deus que a trouxesse de volta.

Partimos: o guardião, o velho e eu.

Em São Paulo, não me deixaram entrar no apartamento. Fomos à casa do meu avô.

– Francis! Onde esteve todo esse tempo, meu filho? – Disse vovô abraçando-me com lágrimas nos olhos.

– Olá vovô...

– Quem são esses homens?

– Amigos. Este é Alexandre, aquele, Pedro.

Cumprimentaram-se.

– Onde está vovó?

– Faleceu há dois anos.

– Ultimamente não tenho tido muitas notícias boas.

– Que sabe sobre sua mãe?

– Nada. Vim procurá-la.

– Venha comigo, Francis. – Disse vovô pegando-me pelo braço e conduzindo-me até a antiga batedeira de fazer manteiga.

Colocou leite e coalheira na velha máquina, ligou e, depois, puxou duas cadeiras.

Sentamo-nos.

– Tivemos boas conversas aqui. Lembra-se?

– Disse-lhe muitas bobagens, não é vovô?

– Sempre foi um garoto inteligente e suas conversas interessantes. As melhores que tive nos últimos anos da minha vida.

– E eu só possuía o senhor, na família, para ouvir-me.

– O que vou dizer-lhe hoje não é uma boa conversa.

– Já estou meio calejado.

– Sua mãe também está morta, Francis. O corpo dela foi encontrado no dia 25 de julho de 2003.

– Miseráveis! Estavam falando a verdade.

Vovô deixou-me sozinho na varanda onde havia colocado a batedeira. Ele sabia que eu não choraria na frente dele.

Fiquei só, olhando o leite transformar-se em manteiga.

E chorei. Desesperadamente.

Depois de certo tempo, Alexandre veio aonde eu estava e sentou-se ao meu lado. Encetamos conversação:

– Entendo o momento que passa, Etienne. Cada homem tem uma peculiar maneira de enfrentar a aflição e de conviver com as consequências doloridas dela resultante.

– Vovó, mamãe, Cármen, Maria Luíza, parece que tudo está desmoronando.

– São acontecimentos passados...

– A dor é presente...

– Você vai encontrar uma forma de lidar com tudo isso e há muito que fazer...

– Sim... Cármen, Maria Luíza e Vovô precisam de mim.

– Quero contar a você minha experiência de sofrimento. Não sei se poderá aplacar-lhe a mágoa, mas, por certo, será salutar, para mim, conversar com alguém sobre tal assunto.

Há muito tempo conheci uma mulher. Tereza era o seu nome.

– Desculpe-me por interrompê-lo, mas Maria Luíza contou-me essa triste passagem da sua vida.

– Bom que já conheça parte da história.

– Penso que ela me contou toda a história.

– Não poderia contar...

– Por quê?

– Ela não conhece o fim.

– A história ainda não terminou. Você está aqui.

– Não há mais nada possível entre mim e ela.

– Então conte, se tal sofrimento for dizível.

– Após Tereza haver dito que já não me amava e abandonar-me na chuva naquele perverso dia em que nos reencontramos, segui para a guerra e tentei, em vão, esquecê-la.

Parece que, naquele dia, algo reacendeu-lhe na alma. Alguma coisa incompatível com sua consciência. Vagueou um tempo, depois se alistou no exército de Trev e marchou para a campanha.

Na "batalha dos peões" defrontei-me com um soldado inimigo que usava armadura cobrindo-lhe a face. Lutava com elegância e determinação. Quando lhe cravei a espada no peito, ele disse o meu nome e caiu aos meus pés. Retirei-lhe o capacete e todos os pecados do mundo caíram-me na cabeça. Acabara de matar o único amor que tive na vida.

– Não entendo esse comportamento. Por que ela escolheu o outro lado.

– Isso é algo que nunca saberemos. Todos nós cometemos asneiras. Desvio de bom caminho. Algumas dessas ações impensadas, no entanto, não se limpam com água e sabão nem se apagam com o tempo.

Resta-nos aprender a sobreviver com as feridas que jamais cicatrizam na alma.

O imponderável e as nossas escolhas. Causa e efeito que se alternam indefinidamente.

Alexandre deixou-me novamente só e retornou à sala onde estavam vovô e Pedrão.

Fiquei pensando que talvez não sobrevivesse se estivesse no lugar do guardião.

Depois pensei naquela fábula das rãs contada pelos sábios do passado e reproduzida, nos nossos dias, em livros de autoadmiração.

Aquela história de duas rãs que caíram num pote com leite. O pote não estava completamente cheio, o que impedia que elas saíssem. Elas nadaram e nadaram buscando um jeito de escapar.

O tempo passou e, exaustas, debatiam-se no leite sem nenhuma possibilidade aparente de êxito.

A primeira rã, senhora de suas ações, pensou que todo aquele esforço era inútil e insano.

Decidiu afundar-se e mergulhou para o fundo do pote.

Morreu.

A outra rã julgou que, provavelmente, morreria também, mas não tinha a determinação nem a ciência e objetividade da outra e, além disso, tinha por hábito deixar-se levar por certos sentimentos intuitivos, alheios à razão.

Não tomou nenhuma decisão e continuou a nadar. Continuou a nadar, como se fosse uma louca automatizada, esperando por um milagre.

E o final da história você que lê este livro já conhece.

Eu, no entanto, estava propenso a seguir a sabedoria da primeira rã ou a melancolia do amor suicidômano de Cármen, mas a lembrança de Maria Luíza fez-me continuar a nadar.

Continuar a nadar e esperar. Esperar pelo milagre da transformação do leite em sólida manteiga.

Momentos depois, fui à sala onde vovô conversava com Pedro e Alexandre. Fiquei lá, calado, escutando a prosa e cismando tolices. Passou-me pela cabeça pensamentos de infortúnios e persistências e, por um instante, fitei-lhe os olhos e remoí a idéia de que, há muito tempo, ele talvez quisesse apenas plantar amor, filhos e honra e, nas tardes de domingo, ouvir cantorias para alegrar-lhe a alma. A vida, no entanto, só lhe permitira semear calos nas mãos e colher a consciência do que é a dor.

Perdia-me novamente em devaneios quando lhe disse:

– Vovô... Quero fazer-lhe uma proposta.

– Diga, meu filho.

– O senhor não tem mais ninguém além de mim. Certo?

– Não. Nenhum parente próximo.

– Então venda tudo o que possui e o apartamento que era de mamãe, coloque o dinheiro no banco e venha comigo.

– Ir aonde?

– Para outro mundo.

– Se vamos praticar suicídio, não precisaremos de dinheiro no banco.

– Não vamos fazer isso vovô. Prometo.

– Não tenho muito tempo de vida e só você me anima. Aceito sua proposta.

Demoramos quatro meses para desfazermos dos bens da família. O apartamento onde morei não pôde ser vendido por demora no processo de inventário, por isso foi alugado mediante contrato que estabelecia o pagamento da locação por meio de crédito em conta.

Depositamos tudo no banco em conta conjunta solidária, por exigência do meu avô, e partimos.

Quando chegamos ao rio Aquidauana, após retirarem as vendas dos olhos, o sol punha-se. O entardecer fazia a luz solar resplandecer sobre as águas tornando-as vermelhas e, à distância, dava a falsa impressão de que era um rio de sangue que vinha nos cobrir.

Pusemos os aparelhos de mergulho. O guardião segurou a mão direita de vovô que antes de submergir perguntou:

– Aonde vamos, Francis?

– Para outro mundo.

– Céu ou inferno?

– Existem outros mundos entre o céu e o inferno.

– Nesse caso, aonde vamos?

– Não conheço o caminho do céu; já estou há muito tempo na Terra ou "Voragem", que alguns dizem ser o inferno, e não estou gostando. Vamos experimentar o Purgatório, vovô.

E afundamo-nos nas águas barrentas do rio Aquidauana.

XVII. O REMATE CONTINUATIVO DA HISTÓRIA

Após o susto e a inútil tentativa de descobrir em que local do planeta ele se encontrava, vovô convenceu-se de que algo extraordinário acontecera-lhe na vida, e gostou da mudança. Novas amizades e pequenas alegrias amoldaram-no a viver no Purgatório. Morávamos próximos à residência do avô de Maria Luíza. Um bairro de pessoas idosas, onde as portas das casas nunca eram trancadas.

O cão que Maria Luíza deu-me, no Natal de 2006, levava-nos a passear todos os dias. Éramos dez ou doze: um grupo formado por aposentados, crianças, Maria Luíza e eu. Ela, na cadeira de rodas, e o cachorro rivalizavam-se pelo título de alto-astral da turma.

A lesão medular, abaixo da sexta vértebra cervical, fez com que Maria Luíza perdesse os movimentos das pernas; a bala de Ausentino, contudo, não lhe tirou a alegria de viver e seus olhos voltaram a luzir.

Foram dias de brincadeiras, conversas e pequenas descobertas. Vovô revelou-se excelente cestinha e em Maria Luíza afloraram a arte e a técnica de pintar formas abstratas, dom atávico herdado da tetravó, famosa artista plástica portuguesa.

Fazia parte da nossa rotina diária, um momento de conversa com Cármen que permanecia em estado de coma vígil. Sem auxílio de respirador artificial, livre da parafernália eletrônica que usou no período pós-operatório, mas mantida viva graças à alimentação e hidratação artificial, ela dormia um sono sem fim com face rosada e semblante sereno. Sempre absorta em sonhos e distante de espírito, tão linda e viva na matéria. Às vezes, quando conversávamos com ela, acompanhava-nos com o olhar e, raramente, dizia alguma coisa com sentido: "está frio", "quero água" e outras pequenas frases que nos enchiam os corações de expectativas desfeitas, em seguida, pela opinião médica de que nada mais eram que reações básicas de reflexo sem função voluntária.

Eu a tratava por "princesa Aurora" e costumava segurar-lhe a mão quando lhe falava. Ela, certo dia, apertou-me os dedos e disse:

– Querido príncipe.

Meu coração disparou e os olhos de Maria Luíza brilharam mais que o habitual. Espasmo e verbalização desconexa resultante de transição entre pseudorealidade e delírio, disse o médico. Para mim, no entanto, era um pedido de ajuda. Lá do abismo onde o mal a prendera, a "bela adormecida" suplicava ao amigo ajuda para romper os grilhões que a tornavam cativa das trevas.

Assim, todos os dias, eu conversava com ela e Maria Luíza contava-lhe as novidades. O rei também a visitava com frequência e lia para ela trechos da Bíblia.

Na manhã do dia 14 de junho de 2007, fui chamado ao hospital. Lá estavam Maria Luíza, o Rei, Júlio, Pedro, Alexandre e alguns médicos, todos sentados ao redor da mesa de reuniões. Logo que cheguei, a questão foi submetida à nossa decisão: ortotanásia.

Os médicos expuseram os aspectos do problema que escapavam à compreensão comum para que melhor pudéssemos lidar com aquilo. Analisamos com responsabilidade e profundo sentido humano e, por fim, a maioria decidiu permitir a Cármen morte digna. Discordei e argumentei, mas só Maria Luíza concordou comigo. Então roguei a todos um adiamento. Tempo para que eu buscasse a última e desesperada alternativa de cura. O grande rei convenceu os demais de que semelhante ato, mesmo parecendo rematada loucura, estava firmado no amor e na fé.

A decisão foi adiada até o meu retorno.

Antes de partir instei-os a não permitirem a interrupção do tratamento que a mantinha viva até o fim da minha jornada, por mais demorada que fosse.

Na tarde daquele mesmo dia preparei a mochila colocando nela petrechos, água e víveres; despedi-me de Maria Luíza e tomei rumo ao pico Udyat.

Subi o monte Illuminati e cheguei à plataforma talhada em triângulo.

Entrei.

A cruz estava lá, mas a outra entrada em forma de olho humano havia desaparecido.

A viagem tinha sido longa e a subida cansativa; passava das onze horas da noite. Improvisei um acampamento ao lado da Cruz e, enrolando-me em cobertor, descansei no sono.

Acordei na madrugada com o frio; levantei-me e quebrei ramos de árvores e fiz fogueira e esperei o sol aparecer assentado ao lado do fogo contemplando, de quando em quando, o lugar onde antes estava a entrada esfumaçada.

O sol apareceu, mas logo foi encoberto por espessas nuvens. Teve princípio forte cerração e o nevoeiro cobriu tudo o que podia ser avistado e, seguidamente, começou a chover.

Choveu o dia inteiro e a chuva manteve-me no interior da grande fenda alpestre. Desceu a noite e com ela o frio. A noite foi estrelada e conservei o fogo com gravetos finos do local e, por isso, a fogueira tinha de ser reabastecida a cada hora ou talvez um pouco mais e enquanto havia calor do fogaréu eu pegava no sono para depois ser acordado pelo frio lancinante e, estando acordado, buscava em vão pelo olho.

Ao amanhecer a temperatura amenizara; dormi um pouco mais.

Quando acordei havia sol e o céu estava todo azul e sereno. Céu de brigadeiro como dizem, espirituosamente, os aeronautas.

Dia calmo e céu límpido, mas não sabia quanto tempo haveria de esperar até o olho reaparecer. Em juramento uníloquo prometera que não retornaria ao hospital sem antes conversar com a sentinela de Trinacria. A imprevisibilidade da sorte futura e a instabilidade do clima daquele lugar provocaram-me grande preocupação. Resolvi ajustar-me às adversidades que, por certo, chegariam.

Os doze dias que se seguiram foram de muito trabalho; idas e vindas ao povoado mais próximo. Subi e desci a montanha tantas vezes que não sei precisar quantas foram. Ora com equipamentos e víveres, ora carregando lenha, sempre no limite das minhas forças. Ao estar próximo à cruz, meu olhar não se desviava do local aonde, a qualquer momento, a passagem secreta haveria de aparecer. Quando julguei que havia juntado madeira e víveres suficientes para atravessar o inverno, passei a explorar a região mapeando os lugares onde havia água potável ou algum tipo de vegetação comestível. Fiz um grande mapa valendo-me de folhas do caderno de desenho que comprara.

Com moderada comodidade, alojei-me ao lado da cruz e pus-me a aguardar o olho reaparecer.

Esperei, esperei e esperei.

As noites frias tornaram-se mais frias e o calor do sol, aos poucos, foi substituído pela neve que, dia após dia, cobriu as pedras e a relva das vertentes das montanhas. Árvores pretas salpicadas de branco, iguais homens grisalhos, derretiam-se no meio do dia e enrijavam-se ao cair da tarde.

Fazia exercícios físicos enxotando pequenos animais que sempre voltavam querendo roubar comida e mantendo a entrada principal livre da neve, que o sal já não dava conta de derreter. A ocupação do corpo nessas coisas não aliviava a desordem do espírito que insistia cismar ao pé da cruz, absorto em pensamentos nem um pouco enobrecedores de mim mesmo e da raça humana. E, às vezes, ficava espantado com o bem que algumas pessoas ainda cometem; se alguma coisa boa que perpetramos possa proceder de nós próprios.

E, na solidão reclusa, passei todo o inverno. A cada dia olhava menos para a alvura da neve lá fora e mais para o negrume dos próprios pensamentos e sentimentos.

Mirava sempre o local onde a abertura deveria surgir e esperava, esperava e esperava.

As neves cinzentas que a estrela da manhã derretera, em certa tarde de agosto, já não se encaramelou e, em poucos dias, o solo estava seco.

Acresci à rotina diária a caminhada matinal que servia, entre outras coisas, para atualizar o mapa dos recursos disponíveis nas imediações.

Na primeira semana de setembro, quando estava preparando o almoço, ouvi vozes.

Eram montanhistas que escalavam o monte Illuminati. Três: pai e dois filhos. O menor deles amparava-se nos ombros dos outros e mantinha a perna direita suspensa, quando entrou no abrigo.

– Torceu o tornozelo. – Explicou o pai.

Ofereci a maleta de primeiros socorros e eles cuidaram do garoto.

Não fizemos indagações e não houve explicações sobre o que estávamos fazendo naquele lugar.

Almoçaram comigo. O pai perguntou se o menino poderia ficar até o retorno deles. Calcularam que demorariam três horas mais ou menos para subirem o restante da montanha e regressarem.

Concordei e os dois prosseguiram a escalada.

Fiz a cama para ele no chão e coloquei um travesseiro sob a perna machucada. Parecia cansado. Deitou-se e dormitou durante duas horas. Enquanto dormia improvisei um bastão de braço curvo para servi-lhe de apoio ao caminhar e deixei ao seu lado. Depois, acordou e, coxeando, veio até onde eu estava. Sentou-se numa pedra ao lado da cruz e agradeceu-me pela muleta.

– Qual o seu nome? – Perguntei-lhe.

– Roberto.

– E a sua idade?

– Onze.

Ficamos conversando a respeito do tempo e sobre alpinismo. Esporte que fazia por insistência do pai. O pai acreditava que isso os unia e que fazia bem ao espírito. Ele gostava, mas não era muito bom. Não tão bom quanto o seu irmão. E a conversa fez passar o tempo de forma agradável. Lá pelas tantas, perguntou-me:

– Como se chama?

– Zé. – Disse o primeiro nome que me veio à memória.

– Zé?

– É.

– Isso não é nome.

– Que há de errado com Zé.

– Isso é só um som, ninguém pode ser chamado de Zé.

– De onde venho existem muitos zés.

– Zé de que?

– Só Zé.

– Ah! Essa é boa! Sou pequeno, mas não sou bobo.

– Zé é abreviação de José, que é um bonito nome.

– Melhorou um pouco.

– Nome de gente importante.

– Gente com dinheiro chamada Zé, essa é boa!

– Não disse que eles tinham dinheiro.

– Disse que eram importantes.

– Mas não que possuíssem muito dinheiro.

– Não entendo.

– O homem mais importante que existiu na minha terra tinha o pai chamado Zé.

– E esse cara mais importante, pelo menos, era rico?

– Não.

– Não?

– Sua pobreza era maior que a minha.

– Foi um grande guerreiro? Comandou exércitos?

– Não.

– Não?

– Nunca deu um tiro na vida.

– Não foi tão importante assim...

– Em minha opinião, entre todos os famosos, é o que merece maior consideração.

– Maior mérito que o rei Rafael?

– De onde venho, sim.

– Você deve ser de um lugarzinho reles, daqueles dominados ainda pelos desventurados, perdido aí num canto do mundo.

– Talvez.

– Que fez ele? Onde vive? Como é chamado? Por que nunca ouvi falar desse filho de José?

– Acalme-se garoto! Uma pergunta de cada vez.

– Onde está esse sujeito que é pobre e famoso?

– Morto.

– Morto? Então, está a me falar de um defunto?

– Morreu há mais de dois mil anos.

– Hem?

– Isso mesmo, morreu há muito e muito tempo.

– Como... Como ele morreu?

– Condenado e executado.

– O indivíduo era um bandido?

– Não. Talvez o mais honesto e puro que já existiu.

– E a gentalha da sua cidade, mesmo assim, o matou?

– É.

– Essa sua terra, além de desprezível, é meio maluca.

– Acho que é.

– Que é aquela coisa ali?

– Uma cruz.

– Para que serve?

– É um sinal lembrador do sujeito importante de quem lhe falei.

– O filho do Zé.

– Esse mesmo.

– Por que uma cruz?

– O filho do Zé foi pregado e pendurado numa cruz até morrer.

– Cravaram pregos nele?

– Sim e judiaram muito dele.

– Que jeito mais estúpido de executar um criminoso.

– Ele não era um criminoso, já lhe disse.

– É... Você disse. Mesmo assim grudaram-no nessa coisa. Como é mesmo o nome?

– Cruz.

– Tem ligação com a Ordem da Cruz?

– Sim.

– Você é um cavaleiro da Ordem?

– Não.

– Pena. Conhece algum?

– Conheço.

– Então diz como faço para conhecer um deles.

– Não sei.

– Você disse que tem um amigo...

– E tenho.

– Não pode me ajudar?

– Não.

O garoto desviou os olhos e disse num tom baixo, como se estivesse decepcionado comigo:

– Quando crescer, eu serei cavaleiro da Ordem da Cruz.

– Você nem sequer sabia o que era uma cruz.

– A cruz não é importante. A Ordem é.

– Vejo que precisará conhecer a história do filho de Zé, já que os cavaleiros da Ordem acreditam nele.

– Acreditar nele! Todo mundo da sua cidade é amalucado?

– Se quiser ser um cavaleiro, vai precisar crer nos seus ensinamentos.

– Ah! Isso sim é possível: seguir suas regras, suas estratégias de combate, suas técnicas de luta, suas...

– Não, não, não... Pode parar! Ele não ensinou nada disso.

– Nesse caso, que ensinou?

– Amor e outras coisas, mas principalmente amor.

– Amor... Uh!... Essa é boa!

– E não é só acreditar nos seus ensinamentos, é necessário crer nele.

– Crer num morto.

– Acreditam que ele retornará e reinará sobre todo o mundo por mil anos.

– Já sei o nome da sua cidade...

– Qual...

– Hospício.

– Um nome apropriado.

– Você também acredita nisso.

– Gostaria de acreditar...

– Por esse motivo fugiu do manicômio?

– Quase ninguém mais acredita verdadeiramente nele lá na minha terra.

– Isso é lógico, afinal, vocês o mataram.

– É...

E continuamos conversando até que o pai e o irmão dele retornaram. Agradeceram.

O pai perguntou-me se precisava de alguma coisa da cidade. Qualquer coisa, disse ele.

Peguei a última carta que escrevera para Maria Luíza e coloquei-a no envelope com nome e endereço e pedi que ele a entregasse à destinatária.

– Será um prazer. – Disse o homem.

– Quero mais um favor.

– Sim.

– Que leve Roberto quando for entregar a carta.

– Levarei.

Após as despedidas eu disse ao menino:

– Vá com seu pai entregar a carta e conhecerá uma dama da Ordem da Cruz.

– Uma mulher da Ordem da Cruz?

– Sim.

– Obrigado. Sabia que você era um bom sujeito, mesmo nascendo naquela cidade de doidos.

O pai e o irmão olharam sem entender; e partiram os três.

Caiu a tarde e o sol logo se pôs, depois nasceu e pôs-se novamente e apressou-se a voltar ao lugar onde de novo viria a nascer e sumir, por muitas manhãs e tardes.

E, depois da breve convivência com Roberto, retornei à espera da sentinela, na solidão da montanha, observando maravilhas da natureza como, por exemplo, essa rotina da estrela nascendo e pondo-se sob o mundo de esperançados e desventurados, indiferente às suas diferenças.

Em minhas meditações não pude deixar de admirar aquele mundo tão igual ao nosso no todo e tão diferente nas particularidades: o detalhe de não existir ninguém chamado José, de todos no planeta falarem a mesma língua, da dificuldade que tinham em dizer mentiras, de não existir galinhas, de, apesar de belicosos e dominarem a tecnologia, não utilizarem mais artefatos nucleares, enfim de tantas pequenas diferenças... como pirilampos, diferentes dos nossos, grandes, silenciosos, de cores vistosas, bioluminescência cristalina e vistos sempre entre miríades.

A cada pôr-do-sol menos ao corpo eu me dedicava e mais aos devaneios me entregava, tentando entender algo, o mínimo que fosse, do que a alma sente.

Na noite morta o silêncio era, a cada noite, mais taciturno e o tempo, com o passar do tempo, mais acrônico e, depois de tantas noites, conseguia ouvir o latido dos cães do distante povoado, lá longe, ao pé da serra e, absorto, via a lua distanciando-se da terra em direção ao sol que, por certo, um dia a receberá no seu abrasado interior para fundir-se com ela, como estabelecido está num louco e imutável destino de destruição.

O tempo todo eu esperava, esperava e esperava, mas o portal não aparecia. A dúvida passou a rondar meu coração.

Muito tempo se passou.

– Oração e contemplação! – Ouvi numa noite insone. A voz assemelhava-se àquela que ouvira, havia muito, da sentinela de Trinacria.

Após esse acontecimento, prostrava-me, na noturnância, ao pé da cruz e orava a Deus e contemplava-me o espírito.

E mais um tempo se passou.

– Vontade e imaginação! – Ouvi quando o desalento abalou a débil fé.

Dei asas à imaginação e, então, avistei uma luz pequenina e distante, no alto, em direção ao pico Udyat. A luz brilhou por alguns minutos, depois sumiu restando-me a dúvida se a vi ou imaginei. Razão e memória às vezes ajudam, às vezes atrapalham e eu já não distinguia muito bem as coisas que enxergava com os olhos abertos daquelas que, com os olhos fechados, via.

– Perseverança! Disse a sentinela.

Entendi, então, que havia muitos pensamentos em minha mente e que, embora estivesse só naquele lugar distante de tudo e de todos, estava preso às preocupações e distrações. Estava prisioneiro do passado e a manutenção da luz exigia liberdade de espírito.

Passei a ver o ponto de luz e mantei essa visão por algum tempo; até que animais peçonhentos, ou vermes, ou mulheres buliçosas, ou homens armados, ou negócios pendentes, ou remorsos, ou a saudade de Maria Luíza, ou a fome, ou o simples piar da coruja faziam-no desaparecer.

O ano de 2007 acabou e os primeiros meses de 2008 encontraram-me ainda em batalha contra essas perturbações.

– Temor! – Sussurrou-me a sentinela.

A voz da sentinela só me vinha em situação limite, quando estava próximo à desistência e, por absurdo que possa parecer, no momento em que estava pronto para dar o passo seguinte. Assim, quando ouvi a palavra "temor" veio-me à consciência minha arrogância e o quão distante estava da verdadeira humildade. Arrogância e hipocrisia resumiam minha inútil vida. Sustentáculos da solidão dos tempos passados, daquele momento e de sempre, fomentados por excesso de cobiça. A incredulidade, o desprezo do mundo, o horror à desigualdade social, o multiculturalismo e a tolerância à diversidade humana, tudo era apenas corrupção mais sutil.

Naquele momento, vi Max, Fidel e Prestes brindando, em copos de sangue, abraçados e sorridentes, ao lado de Hitler, Fugêncio e Getúlio; já não distinguia nazismo de comunismo e a calculadora não precisava que lado havia arrebatado mais vidas quando ainda se posicionavam em lados distintos.

Todas as injustiças, todas as tristezas do mundo estavam dentro de mim. Eram minhas e escorraçavam a alegria. Não havia alegria e, sem alegria, não há verdade. Só demência e remorso.

No mês de maio o frio retornou e minha alma oscilava entre breves contentamentos e muita dor. Quando pensava que poderia trazer a luz até onde estava ela desaparecia e quando começava a acreditar que tudo era insano e impossível, ela retornava como se quisesse realçar-me a ignorância.

Estava terminando maio e a neve principiou a cair moderadamente numa tarde de sol quando, entre tantos embates, a vontade de ir ao encontro da luz superou a paciência de esperar que ela viesse a mim.

Na manhã do dia seguinte, segui em direção à luz que via, de forma intermitente, lá longe, no alto, em direção ao pico Udyat.

Iniciei a subida achando que havia me preparado para enfrentar o frio e a altitude. Usava roupa de baixo de tecido sintético, camiseta, camisa e calça térmica, botas de couro, balaclava, chapéu e muitos casacos. Não demorou muito para perceber que eram insuficientes. Quanto mais as botas se afundavam na neve, quanto mais próximo do céu, mais o frio e o vento me castigavam.

Veio a fadiga e a taquicardia seguida de dor de cabeça, náusea, dores musculares e sonolência. E, quando avistava a luz, ela permanecia lá longe, no alto, em direção ao pico Udyat.

E eu subia, subia e subia. Caía e levantava-me para cair novamente e, com as pupilas fixas e em movimentos desordenados, seguia adiante, para o alto.

Quando tentava transpor uma pedra enorme, pisei em falso e escorreguei, caindo de uma altura de três metros aproximadamente. A neve amorteceu o impacto contra as pedras, mas alguma coisa aconteceu com a perna esquerda que já não conseguia mover.

Arrastando o corpo desviei-me da pedra e prossegui subindo, mas havia tanta dificuldade para raciocinar quanta impossibilidade para continuar. As mãos puxavam o restante do corpo, mas as forças esgotaram-se completamente. Novo escorregão, nova queda e mais confusão mental.

Era impossível prosseguir.

Estava tão cansado, tão cansado, com tanto sono; resolvi descansar e permaneci debruçado, imóvel, deitado sobre a neve.

A noite chegou trazendo mais frio e uma estranha sensação de torpor e enlevo.

Quase congelando, a face sobre o gelo branco e liso, já não sentindo a frialdade da neve nem a frieza do mundo, assim, tão desamparado e, ao mesmo tempo, tão confortado, foi que ouvi passos ao meu redor. Abri os olhos e vi algumas botas. Depois, fechei novamente os olhos e senti-me saindo do próprio corpo e vi Ausentino levantar-me do solo e dizer:

– Venha meu filho; vou cuidar de você.

Ausentino e outros homens colocaram-me sobre uma padiola e iniciaram a descida. Gritei:

– Não me levem embora! Deixem-me aqui!

Não me ouviram os gritos.

Perdi, por completo, o sentido ou a lembrança de tudo o que aconteceu na sequência.

Quando recobrei a consciência estava de volta ao abrigo, ao lado da cruz; a fogueira aquecia o ambiente e o cheiro do café tornava edênico o lugar. Homens conversavam próximos a mim; veio-me à mente a imagem de Ausentino e já não era ódio o que me brotava do coração.

– Acordou cedo!

A voz não era de Ausentino, mas do rei Rafael.

A perna quebrada; nariz, dedos e orelhas com queimaduras e só.

Sentia-me disposto e o médico, que acompanhou o rei na operação de salvamento, confirmou que estava tudo bem comigo.

– É quase um milagre que esteja vivo e, com exceção da perna, todos os membros e órgãos inteiros no corpo. – Disse ele.

O rei e sua pequena comitiva fizeram-me companhia por dois dias; depois partiram, não sem antes o rei exigir e obter de mim a promessa de que não sairia do abrigo em novas aventuras.

Reabasteceram-me de mantimentos e deixaram-me um aquecedor que, enquanto durou sua bateria, muito útil me foi para atravessar as noites frias do rigoroso inverno do ano de 2008 no Purgatório. O maior bem, todavia, advindo da providencial visita do rei, foi uma longa missiva escrita por Maria Luíza. A carta era de amor e do nosso amor tratava de maneira tão íntima que não posso transcrever aqui pelo risco de confundir deleite da alma com a vulgar lascívia.

A carta informava sobre a inalterada saúde de Cármen e deu-me conhecimento a respeito de duas visitas que Maria Luíza recebeu.

A primeira foi de Roberto, o menino alpinista, que ficou agradecido e muito feliz ao receber informações sobre a Ordem da Cruz, mas surpreso e convencido de que eu não era muito certo do juízo ao saber que não me chamava Zé.

A outra, da mulher que encontramos quando vim pela primeira vez ao Purgatório, aquela que vendia o corpo e, por injunção de Maria Luíza, adotou as três crianças que Cármen, Pedro e Ivo libertaram das garras das criaturas das trevas.

Fiquei contente em saber que as crianças estavam bem e que a mulher reconciliou-se com a esperança.

A perna foi, aos poucos, melhorando e, em agosto, estava completamente recuperada.

Quando chegou setembro uma flor branca da montanha nasceu na entrada triangular da caverna e a minha alma passou por mais um experimento. Uma paz de indescritível suavidade tomou-me conta de todo o ser; fez-me o coração dilatar, como disse o profeta.

Chorei e perguntei em voz baixa:

– Que está acontecendo?

– Consolação! – Respondeu-me a sentinela.

– Ajude-me!

– Que deseja o seu coração, Francis?

– Abarcar a luz.

– Isso é impossível.

– Por quê?

– Você já fez sua escolha.

– Mas preciso entrar novamente lá...

– Nem o mesmo Abraão teve tal privilégio.

– Diga-me então que posso fazer para mudar a realidade?

– Você não pode.

– Por quê?

– Quando seu mundo foi criado, leis invioláveis foram escritas.

– Não estou no meu mundo...

– O Purgatório faz parte do seu mundo.

– Quem pode, então, ajudar-me?

– Só o criador desta realidade.

– Como o encontro?

– Você, criatura dele, é parte do criador.

– Mas, mesmo assim, não posso alterá-la?

– Suas ações modificam a realidade futura.

– São inúteis para salvar Cármen e ajudar Maria Luíza.

– O futuro será sempre o resultado de ações e do livre arbítrio das criaturas.

– E o passado?

– O que está feito, está feito.

– E se eu criar um novo mundo igual a este, mas no tempo passado?

– Seria uma fuga.

– É possível?

– Sim. Não elimina, no entanto, o que existe realmente.

– Viveria, simultaneamente, em dois mundos?

– Sim. Criatura em um, criador no outro.

– Que faço? Que faço?

– Abandone-se e vá ao encontro da luz.

– Mentalmente?

– Não com a razão.

– Como?

– Só o amor pode conduzi-lo à luz.

– E se eu não conseguir?

– Volte para Maria Luíza e liberte Cármen.

– Não posso. Tenho de salvá-la.

– Salvá-la?

– Salvá-la da morte.

– Que sabe você sobre morte e vida?

– Nada, mas prefiro a vida.

– Como quiser.

Foram as últimas palavras que ouvi da sentinela perdida de Trinacria.

Em suave tranquilidade a alma se me rejubilava em altíssimo silêncio e a luz, a cada dia, aumentava-lhe a intensidade, aproximando-se de mim.

Parecia que quanto mais ela se aproximava, mas eu me distanciava da própria vida.

No início de novembro, entre arroubos e êxtases, perdi o último fio que me ligava à vida e conversei com a luz.

Não demorou muito tempo, mas foram instantes de paz profunda e intensa felicidade íntima.

Permaneci mais três dias no abrigo agradecendo e glorificando ao Criador e, no dia oito de novembro, desci o monte Illuminati.

Quando cheguei à casa de Maria Luíza ela não estava lá. Vizinhos informaram que fora internada no mesmo hospital onde estava Cármen.

No nosocômio fiquei sabendo que Cármen saíra do estado de coma e fazia os últimos exames antes de receber alta hospitalar.

Maria Luíza submetera-se, há dois dias, a novo e revolucionário tratamento com células estaminais.

No dia seguinte levei Cármen para a casa de Maria Luíza e, depois de uma semana, Maria Luíza também retornou ao lar.

No momento em que escrevo a segunda parte desta narrativa, Maria Luíza recobra, de forma acelerada, a plenitude da capacidade de caminhar e correr; Cármen regressou, normalmente, às suas atividades na Ordem da Cruz.

Na semana passada reunimo-nos para comemorar a data do retorno de Cármen. Três meses de muita paz e felicidade em todo o Purgatório.

Pedro fez um brinde ao acaso e às probabilidades e a maioria dos presentes o acompanhou no gesto e na convicção.

Cármen, Maria Luíza, o grande rei e eu fizemos novo e silencioso brinde.

Maria Luíza abraçou-me e saímos a caminhar, lentamente, pelo jardim florido afastando-nos do rumor da festa e aproximando-nos da quietude dos pirilampos.

FIM

Este livro foi impresso pela LGE Editora Ltda.
Formato: 15,5 x 22,5 cm
Tipologia: Electra LH Oldstyle Figures corpo 14
Tipologia para títulos: Electra LH Bold Oldstyle Figures 21
Papel de miolo: Offset 75 g/m² (metros quadrados)
Papel de capa: Papel supremo 250 g/m² (metros quadrados)
Número de páginas: 252